Bibliografische Information
der Deutschen Nationalbibliothek:
Die Deutsche Nationalbibliothek verzeichnet diese
Publikation in der Deutschen Nationalbibliografie;
detaillierte bibliografische Daten sind im Internet über
http://dnb.dnb.de abrufbar.

2., überarbeitete Auflage

Illustrationen: Kathy Kahner

Herstellung und Verlag:

BoD – Books on Demand, Norderstedt
Printed in Germany
ISBN: 978-3-7494-3263-9

FÜR MEINE SIGNIFIKANTEN ANDEREN

Foto: Marcel Kahner (MK_Concert_Photoss)

Kathy „Kät" Kahner wuchs als Freilandkind mit zwei älteren Brüdern im sauerländischen Arnsberg auf. Dort kritzelte sie schon seit dem Kindergarten wie eine vom Zeichendämon Besessene. Aufgrund unversuchter Exorzismen wurde besagter Dämon ansässig und lud sich seinen Bro den Schreibdämon ein, welcher sich trotz gastunfreundlicher Legasthenie wohlfühlend in Klein-Kathy einnistete.

Nach dem Abitur ging Kitte-Kathy schließlich in die große weite Welt, um das Sozialwissenschaften zu lernen. Dafür emigrierte sie nach Bochum, wo sie aus Liebe zum Ruhrpott bis heute geblieben ist.

Neben dem ordinären Leben als Autorin führt eL Kathy das schillernde Leben einer Akademikerin und trainiert als Cartoonistin die Zwerchfelle der Ruhrbarone-Leser.

Seit ihren Teenagertagen ist Kät auf der dunklen Seite der Macht und weist als Gotin auch Metalhead-Tendenzen auf. Trotzdem erleidet sie gelegentlich Anfälle von Nerdyness und Wissenschaftkeit.

Aber mach dir selbst ein Bild:

    Kahnerium: kahnerium.blogspot.com/
    Insta-Kaet: @Insta_Kaet
    Gesichtsbuch: @KathyKahner
    Käts Gezwitscher: @KathyKahner

KATHY KAHNER

KLAPSOCALYPSE

PROLOG

Gerade genießt der Psychiater und Psychologe Dr. Dr. Johannes von Perseum seine lang ersehnte Mittagspause in seinem geräumigen Büro. Zur Entspannung frönt er seiner heimlichen Leidenschaft – dem Häkeln – an seinem schicken Schreibtisch, wobei er ab und zu an seinem teuren Kaffee nippt. Natürlich konsumiert ein so renommierter Fachmann nicht irgendein ordinären Kaffee, sondern jenes exorbitant teures Getränk, dessen Bohnen zuvor den Verdauungstrakt einer Schleichkatze passiert haben.

Sein Arbeitsrefugium strotzt nur so von üppigen Fachbüchern, in Formaldehyd eingelegten Gehirn-präparaten – und all das mit seinen psychedelisch wirkenden Häkelarbeiten verziert. Sein besonderer Stolz ist die phrenologische Büste, die sogar Franz Joseph Gall höchstpersönlich gehört haben soll. Während sich also der Anfang 40-Jährige seiner Passion hingibt, klopft es an seine Bürotür. Schnell lässt Dr. Dr. von Perseum die Beweise für sein verborgenes Hobby in einer der Schubladen seines massiven Holzschreibtisches verschwinden, bevor er die Besucher herein bittet.

Bei diesen Gästen handelt es sich allerdings nicht um die üblichen Besucher eines renommierten Leiters einer landesweit bekannten Psychiatrie wie zum Beispiel besorgte oder wütende Angehörige eines Patienten. Es stehen zwei verdrießliche Polizisten in seiner Tür. Der eine, groß und kantig, erzeugt schon allein mit seiner körperlichen Präsenz eine respektvolle Wirkung, die durch seinen sichtlich genervten Gesichtsausdruck ins beängstigende gezogen wird. Der kleinere Polizist, im Vergleich zu seinen hünenhaften Kollegen eher hager bis kümmerlich, macht dieses scheinbare Manko mit einer besonders grimmigen Mimik wieder wett.

»Sie sind Johannes von Perseum?!«, fragt der Riese sicherheitshalber nach, während beide ihm ihre Dienstmarken zeigen.

Der Doktor schiebt die auf die Nasenspitze hinunter gerutschte Brille mit seinem Mittelfinger hoch, mustert die Ausweise und murmelt korrigierend: »*Dr. Dr.* Johannes von Perseum!«

Nachdem er also von der Echtheit der Marken überzeugt ist, bietet er seinen exekutiven Gästen die zwei Stühle vor seinem Schreibtisch an, indes er sich selber in seinen umfangreich gepolsterten Schreibtischstuhl bettet und seine Pfeife anzündet.

»Nun, meine Herren, was kann ich für Sie tun?«, will der Psychiater wissen, als er sich nachdenklich über seinen braunen, aber mit einzelnen grauen Haaren durchwachsenen Musketierbart[1] streicht, ehe er an seiner Pfeife zieht.

»Es geht um einer Ihrer Patienten – Horst van der Swaffeln. Seine Angehörigen haben ihn als vermisst gemeldet und die Ermittlungen ergaben, dass sein letzter bekannter Aufenthaltsort diese Klinik ist.«

Viel beschäftigt wie Dr. Dr. Johannes von Perseum natürlich ist, kann er sich nicht ohne weiteres an jeden Patienten erinnern, den er in seiner langjährigen Berufserfahrung unter seine psychiatrischen Fittiche genommen hat. Dementsprechend drückt er auf einen Knopf an seiner Freisprechanlage, welche fest in seinen

---

[11] Know the difference! Ein Musketier ist nicht mit dem *Muskeltier* zu verwechseln. Dieses kleine Beutelfrettchen lebt im australischen Outback und zeichnet sich durch einen besonders muskulösen Körper aus. Aufgrund seiner enormen Stärke und wrestleartiger Angriffstaktik kann das Muskeltier in Australiens rauer Wildnis überlegen und wird durch seiner Überlebenskunst von den Aboriginies verehrt.

Schreibtisch integriert ist, und fordert die Person am anderen Ende des Geräts auf, die Akte eines gewissen Horst van der Swaffeln hereinzubringen. Kurz darauf folgt ein zaghaftes Klopfen und nach einem absegnenden »Herein« tritt ein geduckter junger Mann ein, der verschüchtert wie ehrfürchtig dem großen Dr. Dr. Johannes von Perseum eine Akte überreicht und direkt wieder entschwindet.

Mit sorgfältigem Blick studiert nun der Doktor die Akte des Verschwundenen, bis er schließlich murmelt: »Ah ja, Herr van der Swaffeln, hochgradig schizophren mit Hang zur Autoaggression. Wir haben ihn vor zwei Wochen entlassen.«

Einer der Polizisten räuspert sich, als eine Rauchwolke zu ihm wabert und fragt: »Könnten Sie bitte Ihre Pfeife ausmachen?«

Genüsslich zieht von Perseum an seinem Rauchinstrument und pustet mit einem langgezogenen »Neeeeeein« eine weitere Wolke in das Gesicht des Ordnungshüters, welcher daraufhin heftig husten muss. Sein Kollege klopft ihm halbherzig auf den Rücken und wendet sich wieder an den Leiter der Anstalt:

»Ihr Patient ist allerdings nicht bei seiner Familie angekommen.«

»Offensichtlich. Sonst wären Sie wohl nicht hier und würden meine kostbare Pause stören!«, giftet Dr. Dr. von Perseum, als er die Akte zuklappt und auf seinen Schreibtisch wirft.

»Haben Sie eine Idee, was mit ihm geschehen ist?«, fragt der Hünenbeamte, welcher sich gerade von seinem Hustmarathon erholt.

»Unser Hausmeister hat ihn gewissenhaft zum Bahnhof gebracht. Was dann geschehen ist, kann ich Ihnen nicht sagen. Aber vielleicht sollten Sie mal die Umgebung des Bahnhofs absuchen. Er könnte sich dort selbst gerichtet haben«, erklärt er trocken und entzündet seine Pfeife erneut.

»Sie haben einen selbstmordgefährdeten Patienten entlassen?!«, platzt es entsetzt aus einem der beiden Polizisten heraus.

»Beileibe nicht, meine Herren, ein Mensch, der in diese Klinik eingewiesen wird, ist nicht mehr zu heilen. Es besteht bestenfalls die Option, den Patienten soweit zu stabilisieren, dass er für sich und andere keine Gefahr mehr darstellt. Die meisten meiner Schützlinge verlassen diese Einrichtung nur im Leichensack«, berichtet von Perseum, ehe er eine kleine Sprechpause einschiebt, um genussvoll mit seinem phallischen Rauchinstrument zu paffen. »Aber um Ihre eigentliche Frage zu beantworten: Ich würde niemals einen Patienten entlassen, wenn ich ihn nicht für stabil genug erachten würde. Aber es ist nicht auszuschließen, dass in der Zeit am Bahnhof nicht etwas passiert ist, das ihn derart aufgewühlt hat…«

Während er die Polizisten so lakonisch über die Abgründe der menschlichen Psyche aufklärt, legt er seine Pfeife in die dafür vorgesehene Halterung, lehnt sich in seinen edlen Sessel zurück und formt dabei eine Merkelraute mit seinen frisch manikürten Fingern. Äußerst unbefriedigt über die Antwort sowie die Art und Weise, wie abgebrüht der Leiter dieser Psychiatrie über seine Patienten spricht, schauen sich die beiden Beamten an.

»Wenden Sie sich doch bitte an den Hauswart, sofern Sie immer noch der Meinung sind, dass wir Ihnen dabei helfen können. Dennoch empfehle ich Ihnen, zuvor die Umgebung des Bahnhofes zu überprüfen, ehe Sie die kostbare Zeit meiner Mitarbeiter stehlen.«

Eigentlich ist Dr. Dr. Johannes von Perseum die Zeit seiner Untergebenen völlig gleich, insbesondere der Hausmeister interessiert ihn herzlich wenig, aber die Anwesenheit zweier Polizisten passt ihm noch weniger, da sie offensichtlich nichts von seiner Arbeit und Genialität verstehen und nicht auf seine weisen Worte hören, den Bahnhof des nächstgelegenen Kuhkaffs nach Hinweisen zu untersuchen. Unbefriedigt sowie angenervt von so viel Arroganz und Überheblichkeit in einer Person vereint verlassen die gewissenhaften Gesetzeshüter wieder das Büro des Johannes von Perseum – pardon – des Dr. Dr. Johannes von Perseum, um anderweitig ihre Ermittlungen durchzuführen.

33 TAGE VOR DER

Dr. Freya Lindström belädt gerade ihren heißgeliebten VW-Bus des Typs 2, einen getunten Oldtimer in – wie sollte es anders sein – *Metallic Black* umlackiert und mit breitem Wacken-Aufkleber auf der Rückscheibe, bei welchen sie immer an den Spruch *Lass knacken, auf nach Wacken! Wenn wir's nicht verkacken, haben wir Spaß in den Backen!* denkt. Freya, eine überaus begnadete Soziologin mit zahlreichen Publikationen auf dem wissenschaftlichen Kerbholz ihrer recht jungen Karriere und Deutschlands führende Expertin zu Pierre Bourdieus Habitus-Konzept, zeichnet sich selber nicht gerade durch das Erscheinungsbild einer seriösen Wissenschaftlerin aus; gewandet in schwarzer Lederhose und ebenso schwarzem Bandshirt, heute der Band *Mauerfall*,[2] ist sie ein Metalhead wie er im Buche steht. Zwar sind ihre weiblichen Attribute nicht zu übersehen, aber sie beschränkt sich in der Betonung dieser auf einem schwarzen Lidstrich und ein bisschen dunkelroten Lippenstift. Das lange sowie glatte, selbstverständlich schwarz gefärbte Haar umrahmt ihr Gesicht und lässt sie noch blasser aussehen, als sie eh schon ist.

Wie vereinbart erscheint schließlich ihre wissenschaftliche Begleitung pünktlich am stets mit Vehikeln aller Art zugestellten Parkplatz der Bochumer Wissensfabrik. Ihr schwerbepackter Forschungsgefährte ist der 35-jährige Dante Herrmann, ein dynamischer Psychologe mit einem Hauch von Hipster, welcher mit seiner Jeans und den Chucks zu dem knallroten Hemd mit schwarzer Weste schon etwas Lässigkeit in die Runde bringt.

---

[2] *Mauerfall* – Metalmusik aus der ehemaligen DDR

Aufgrund seines fröhlichen »Guten Tag, Sie sind doch bestimmt Dr. Lindström!« macht sich der Hipstologe[3] jedoch direkt verdächtig und wird skeptisch von Freya gemustert, welche bei so viel guter Laune zu solch einer unchristlich frühen Morgenstunde wie 10.30 Uhr nur ihren Kopf schütteln kann. Schließlich ist Freya nicht nur eine inbrünstige Langschläferin, sondern auch ein *Snooze Criminal*; eine Person, die die Schlummertaste des Weckers bis zum Äußersten ausreizt. *Freya are you okay, you okay, are you okay, Freya?*

»In der Tat. Dann sind Sie wohl der Psychologe«, stellt sie genervt fest und streckt ihm ihre Hand zum obligatorischen Schütteln entgegen. Um diese gestische Floskel entgegennehmen zu können, legt Dante sein Gepäck ab und schüttelt eifrig. Sein Gesicht ist durchaus markant, der große Goethe hätte gewiss von einer glücklichen Gesichtsbildung gesprochen, wobei man ihn heutzutage als *geile Sau* bezeichnen würde. Seine Kollegen nennen ihn nicht zu Unrecht hinter seinen Rücken den ‚Johnny Depp der Psychologie‘, weil er ebenso talentiert wie sexy ist. Demnach wirkt sein leichter Drei-Tage-Bart eher ansprechend, als ungepflegt und verrät, dass er die letzten Tage reichlich beschäftigt war, aber nicht zu busy, um seine lockige Haarpracht à la Jon Schnee mit einer absurden Menge Pomade nach hinten zu gelen.

»Sie können Ihr Gepäck direkt einladen!«, meint Freya morgenmuffelig, dennoch um etwas Freundlichkeit bemüht. Aber die Tatsache, dass sie nun mehrere Wochen in einer Psychiatrie, die mehr als am Podex der

---

[3] Die seltene Unterart des *Hipstologen* zeichnet sich neben dem arttypischen Retro-Swag der Hiptster noch durch das intellektuelle Psychologen-Geschwafel aus und entspricht somit dem Idealtypus eines Hipsters.

Welt liegt, soziologische Studien betreiben soll, verdüstert ihr Gemüt doch ziemlich.

Schließlich sitzen die beiden Wissenschaftler keine Viertelstunde später im Bulli und fahren Richtung Pampa. Zur Stimmungshebung dreht die holde Metalmusikliebhaberin die Musik so laut, dass das ganze Vehikel zu den energetischen Bässen der Songs vibriert. Die Lautstärke ist dann doch zu viel für die zarten Ohren des Psychologen, sodass er sich erdreistet, die Regler einfach selbst etwas herunterzudrehen.

»Was soll das?«, sprudelt es ungehindert aus Freya heraus, aber Herrmann versucht sie direkt mit seiner ruhigen Art zu beschwichtigen.

»Tut mir leid, aber die Musik ist mir etwas zu laut. Und können wir nicht vielleicht was anderes hören als Black Metal?«

»Ich hab noch Speed Metal dabei. Oder gefällt Ihnen Death Metal besser? Oder auch…«

»Ich seh schon, Sie sind bestens ausgestattet. Wenn wir die Lala einfach nur etwas leiser machen könnten?«, erkundigt sich der Wissenschaftler, woraufhin Lindström zerknirscht die Musik doch einen μ leiser dreht.

»Aber fassen Sie bitte das nächste Mal nicht ohne meine Erlaubnis meine Anlage an«, grummelt sie, während sie liebevoll die ultramoderne Musikanlage tätschelt, die so gar nicht in den stylishen Oldtimer passt, der bei jedem Steinchen auf dem Weg auseinanderzufallen droht.

Dante nickt verständnisvoll und wendet direkt seine mystischen Psychologenkräfte an, als er die Fahrerin behutsam fragt: »Sie haben keine rechte Lust, diese Studie durchzuführen, oder?!«

Ein verstohlener Blick huscht kurz zu ihm, während die Metallerin weiterfährt. »Captain Obvious! Das muss

Ihre Psychologenhexenkunst sein, Freud!«, grantelt sie vor sich hin.

»Wenn es Ihnen so zuwider ist, diese Untersuchung zu machen, warum tun Sie es dann?«, bohrt der Hipstologe nach.

Unmittelbar muss die Soziologin an den Grund dafür denken…

»Und das ist Dr. Lindström. Eine wahre Koryphäe im Bereich Habitus-Konzept und vielversprechende Wissenschaftlerin!«, stellte der Dekan der Fakultät seiner Gattin Freya vor, welche sogleich die Hand der gereiften Dame so enthusiastisch schüttelte, dass die Falten ihres Truthahnhalses mitschwangen. Völlig ungewöhnlich für die unkonventionelle Soziologin war diese bemüht, ihrem neuen Arbeitgeber entgegenzukommen und ergänzte ihre Antwort mit einen Kompliment:

»Es freut mich sehr, Sie kennenzulernen, Frau Weber. Und übrigens, ich muss Ihnen sagen, dass Ihr Mann ein wunderbarer Vater ist – ich habe ihn letzte Woche mit Ihrer Tochter gesehen und die beiden waren wirklich ein Herz und eine Seele! Normalerweise sind junge Erwachsene nicht so innig mit ihren Eltern.«

*Wohlwollend lächelte Lindström, doch das überschminkte Gesicht der Ehefrau verfinsterte sich, als sie ihrem Gemahl einen bitterbösen Blick zuwarf und murmelte: »Wir haben **keine** Tochter!«*

Nach stundenlanger Fahrt und unfreiwilligem Roadtrip-Feeling erreicht der schwarze Bulli die stark gesicherten Tore der Psychiatrie. Das Gebäude liegt hoch oben auf einem Berg mit einer Sicherung, die Fort Knox und Alcatraz wie semipermeable Puppenhäuser erscheinen lassen. Am Fuß des Berges befindet sich der Eingang, an dem Freya und Dante kontrolliert werden. Der Wachmann, ein beleibter Kahlkopf mit gutgelaunter Miene, bittet die Zwei neben dem Vorzeigen ihrer Papiere auch noch darum, ihm die Erlaubnis zu geben, den Kleinbus zu durchsuchen. Nachdem alles zu seiner Zufriedenheit ist, lässt er sie passieren und das alte Vehikel ächzt mehr oder weniger galant die steile und gewundene Straße hoch, bis ein abgeranzter Mann, es handelt sich offensichtlich um den Hauswart, ihnen zuwinkt, um sie anschließend zu einem geeigneten Parkplatz zu lotsen.

Kaum ist das alte Gefährt eingeparkt, trottet der betagt wirkende Kerl zu ihnen, stellt sich nur als »Der Hausmeister« vor und wird direkt darum gebeten, beim Tragen des Gepäcks zu helfen. Da der Facility Manager der Anstalt – dessen Berufsstand durch diesen Anglizismus deutlich mehr Prestige bei den jungen Menschen suggeriert, als die ordinär wirkende Bezeichnung Hausmeister – keine wirkliche Wahl hat, muss er den Gästen zur Hand gehen. Zu dritt schleppen sie also das Hab und Gut in das kleine Außengebäude der Psychiatrie, in dem das Personal untergebracht ist.

Mit den Worten »Was haben Sie denn in Ihren Koffern? – Backsteine?!«, setzt er das Gepäck der Doktorine[4] ab und will sich grummelnd verziehen, als

---

[4] Eine *Doktorin*e ist eine weibliche Person mit Doktortitel. Derweil ist die Bezeichnung eines Mannes mit einen solch schmucken Titel Doktorich.

Freya sich nicht verkneifen kann: »Ich verreise niemals ohne meine Geoden.«

Daraufhin blickt Dante sie an. »Jetzt versteh' ich, weshalb Sie für diese ungewollte Studie abkommandiert wurden.«

Angepisst verzieht sich das Gesicht der Metal-Braut und sie faucht: »Wenigstens darf ich diese Studie leiten und muss nicht den WiHi spielen!«, ehe sie sogleich laut murrend in ihr Zimmer entschwindet.

Nachdem sich die Neuankömmlinge häuslich eingerichtet haben, holt sie der grantige Hausmeister von dem Außengebäude ab, um sie in die Klinik zu führen. Die gesamte Anstalt liegt nicht nur auf einen hohen Berg, sondern ist auch von einem üppigen Wald umhüllt, sodass die Gebäudekomplexe noch kleiner wirken als sie tatsächlich sind. Neben dem separaten Haus für das Personal befindet sich direkt daneben das nicht wesentlich größere Bauwerk, in dem die Patienten untergebracht sind. Während die Wissenschaftler mit dem schweigenden Hauswart die zahlreichen Sicherheitshürden passieren, ist nicht zu übersehen, dass das Gebäude nicht nur hochmodern und grundsaniert ist, sondern auch ungewöhnlich steril. In der Regel werden Psychiatrien doch sowas wie wohnlich eingerichtet, die armen Seelen sollen schließlich nicht noch mehr gequält werden als sie eh schon sind, aber dieses Haus ist derart schlicht und krankenhausartig, dass man spätestens bei der Einlieferung in diese Anstalt eine tiefe psychologische Störung entwickelt. Es liegt vielleicht daran, dass die Personen, die hier als Patienten eintreffen, derart – wie drückt man das jetzt am diplomatischsten aus?! – derart meschugge sind, dass sie nach diversen Versuchen der Hilfe als unheilbar eingestuft werden und als so gestört gelten, dass sie einen für die eigene geistige Gesundheit vor Dankbarkeit auf die Knie fallen lassen – ganz gleich, wie fragil die jeweilige Psyche auch sein mag.

Kurz darauf finden sich Dante und Freya in einem kleinen Foyer wieder, in dem sie auf die Menschen warten sollen, mit denen sie die nächsten Wochen, vielleicht sogar Monate, zusammenleben und -arbeiten sollen. Dieses Warten bietet dem lockigen Hipstologen eine fabelhafte Gelegenheit, seinem Bedürfnis, mehr von seiner Kollegin bzw. Chefin zu erfahren, nachzugehen.

»Da wir ja zwangläufig Zeit miteinander verbringen werden, wäre es schön, wenn wir uns näher kennenlernen«, spricht er mit einem wie immer charmanten Lächeln.

Die Metallerin mustert den Psychologen mit skeptischem Blick. »Nicht nötig. Ihre Kleidung verrät mir, dass Sie sich recht viel – meiner Meinung nach zu viel – mit Ihrem Aussehen beschäftigen. Durch Ihr enges Hemd kann ich erkennen, dass Sie durchtrainiert sind. Das sind zwei Faktoren, die darauf hindeuten, dass Sie nicht nur sportiv sind, sondern auch auf Ihre Ernährung achten. Vielleicht sogar zu sehr… Und die Tatsache, dass Sie immer wieder versuchen, mit mir einen freundlichen Umgang anzustreben und mich näher kennenlernen wollen, zeigt mir, dass Sie ein Philanthrop und hoffnungsloser Optimist sind. Soll ich das weiter ausführen?«

Etwas irritiert guckt Herrmann sie an. »Ich glaube, das reicht zunächst, Sherlock.«

»Und ich bin mir sicher, mein Habitus hat Ihnen auch schon einiges über mich verraten, oder?!« Ein schelmisches Grinsen huscht über ihr Gesicht.

»Bis jetzt scheinen Sie mir ein wenig wie ein Metal-Sheldon Cooper«, meint der Hipstologe.

Damit entlockt er ihr tatsächlich ein Lachen. »Nicht ganz. Sheldon Cooper weiß nicht, dass oder wieso sein Verhalten die Menschen irritiert. Ich schon.«

Der attraktive Lockenkopf lehnt sich an die kahle Wand. »Und dennoch machen Sie es?!«

»Natürlich. Es macht Spaß, die Menschen aus dem Konzept zu bringen. Schauen Sie her.« Lindström hebt ihr T-Shirt, lässt Dante einen ausgiebigen Blick auf ihre in Spitzen gehüllten Riesenbrüste erhaschen und zieht es wieder runter.

Tatsächlich verwirrt ihn dies für einen Moment, bis er trocken psychologt: »Und Ihre Dessous verraten mir, dass Sie sich trotz Ihrer sonst geschlechtsneutralen Kleidung gerne ein Stückchen Weiblichkeit wahren, weil *auch* Sie eine feminine Seite haben.«

Erwischt grinst sie und zwinkert. »Aber verraten Sie es bloß niemandem.«

Plötzlich geht die Tür auf und ein junger Mann in Pullunder mit augenkrebserregendem Muster und brauner Cordhose tritt ein. Mit seiner Justin-Bieber-Gedächtnisfrisur und der dicken Streberbrille erweckt er den Eindruck eines Buben, der noch nicht die Pubertät erreicht hat, aber seine James Earl Jones-Stimme beweist, dass er zumindest den Stimmbruch hinter sich hat, als er selbstbewusst die Gäste begrüßt: »Guten Tag, ich bin Cedric-Kevin Schmidtenhuber-Krampholz, der Assistent und Protegé des genialen Dr. Dr. Johannes von Perseum. Bitte begleiten Sie mich in sein Büro.«

Etwas konfus sehen sich Freya und Dante an, kommen aber der Bitte des sonderbaren Knaben nach und folgen ihm in das mit Häkelarbeit überflutete Büro des Dr. Dr. von Perseum, der gerade Pfeife rauchend in seinem ultragepolsterten Chefsessel sitzt, als Cedric-Kevin anklopft und die Besucher hineinlässt. Kaum erblickt von Perseum die Gäste, springt er begeistert auf und schüttelt wie von Sinnen die Hand der überraschten Soziologin, während er ihr einen Platz anbietet.

»Schön, Sie persönlich kennenzulernen, Dr. Lindström! Ich habe bereits viel von Ihnen gehört und mit Genuss all Ihre zahlreichen Publikationen gelesen! Sie sind wahrlich ein Genius.«

Verwundert starren die Anwesenden, inklusive Freya selbst, den ekstatischen Chefarzt an, welcher sich gerade wieder auf seine Sitzgelegenheit niederlässt.

»Danke, Dr. Dr. von Perseum«, murmelt die Metallerin in einem Zustand höchster Irritation.

»Oh, meine Liebe, Sie dürfen mich Johannes nennen«, lächelt der Leiter der Anstalt. Daraufhin ist ein tiefes Japsen seines Assistenten zu hören; seit gut einem Jahr begleitet er nun seinen innig bewunderten Mentor und betet regelrecht den Boden an, auf dem er geht, und ihm wurde immer noch nicht das heilige *Du* angeboten.

»Ähm, nein danke«, entgegnet sie sichtlich unwohl, sodass sie die ungewollte Aufmerksamkeit zu ihrem Kollegen lenken will. »Und von Herrn Herrmann haben Sie sicherlich auch schon etwas gelesen.«

Von Perseum schüttelt seinen Kopf. »Nein, ich lese nichts von Personen *ohne* Doktortitel«, entgegnet er überheblich mit einem desinteressierten Blick auf seine Fingernägel.

»Sagten Sie nicht, Sie haben *all* meine Publikationen gelesen?! Bei den ersten hatte ich noch keinen Titel«, stellt die Metal-Braut fest.

»Nun, diese habe ich mir erst zu Gemüte geführt, als ich ein paar Ihrer genialen Werke gelesen hatte und es mich nach mehr von Ihnen gedürstet hat.«

Skeptisch wie entsetzt runzelt die Soziologin ihre Stirn und ihr sichtlich unangenehm berührter Zustand ist mehr als deutlich von ihrem Gesicht abzulesen. Erlösung aus dieser bizarr bis skurrilen Situation ergibt sich durch ein weiteres Klopfen an der Tür und dem direkt darauffolgenden Eintreten des Oberpflegers sowie einer hochschwangeren Dame, deren Erscheinen dem Hipstologen einen regelrechten Flashback aufdrängt.

»Dante... es tut mir wirklich leid, aber...«, schluchzte sie, ehe ein paar Tränen über ihr rosiges Gesicht kullerten. »Ich kann das nicht mehr! Ich... Ich muss mit dir Schluss machen! Ich habe mich in Daniel verliebt...«

Ungläubig starrte er sie an. »Und du verlässt mich wegen ihm?!« An diesem Abend verlor Herrmann nicht nur seine große Liebe, sondern auch seinen besten Freund.

Das ansehnliche Antlitz des Hipsters verliert sichtlich an Farbe, als Cedric-Kevin sie als Elisabeth Finkel, eine der hiesigen Psychologinnen, vorstellt und ihm klar wird, dass seine Verflossene offensichtlich seinen früheren besten Freund geheiratet hat und von diesem schwanger ist – so viel zu *»Ich will nicht heiraten und Kinder schon gar nicht«*, wie er sich zwangsläufig ihrer Lieblingsphrase entsinnt; *Der* Klassiker unter den Begründungen für gewollte Kinderlosigkeit: *Die Welt ist so schlecht und es ist unverantwortlich, Kinder in diese hinein zu gebären.* Anstatt einfach die Wahrheit zu sagen, dass man keinen Bock auf nervige Kackbratzen hat...

Zähneknirschend starrt er Elisabeth an, die ihm die Hand zur Begrüßung reicht und ihn schuldbewusst sowie unsicher anlächelt. Völlig automatisch schüttelt er die Hand seiner einstigen Partnerin, welche mit ihren verspielten blond-welligen Haaren und dem lieblichen Gesicht wie der Stereotyp eines Engels erscheint. Daraufhin widmet sich Dante der Begrüßung des Oberpflegers Gordon Horn.

Der Mitte Zwanzigjährige, der sich offenkundig trotz seines jungen Alters an die Spitze der Pflegekette der Klinik gearbeitet hat, würde mit seinen verrückten Locken sowie der kleinen und etwas pummeligen Statur ohne Zweifel einen Hennes Bender-Lookalike-Contest gewinnen.

»Da nun alle relevanten Individuen zugegen sind, will ich Ihnen eine Führung durch meine Klinik gewähren«, löst von Perseum die angespannte Situation unfreiwillig, als er von seinem bequemen Stuhl aufsteht. Erst jetzt bemerken die patenten Wissenschaftler die geringe Körpergröße des Doktors, dessen kläglicher Versuch, diese mit Absätzen zu kaschieren, gänzlich misslingt.

Gemeinsam geht das Sextett durch die weiß gestrichenen Flure mit zahlreichen Türen, die zu den Patientenzimmern führen. »Derweil sind sechzehn unserer zwanzig Zellen belegt. Vor kurzem konnten ich sogar einen Patienten entlassen!«, berichtet von Perseum stolz und schiebt sich die Hände in die Anzughosentaschen, während er damit seinen Kittel nach hinten verfrachtet. In diesem Moment erkennen die Neuankömmlinge, dass der Doktor doch um einiges kleiner ist als zuvor wahrgenommen – scheinbar funktionieren die hohen Absätze an seinem Schuhwerk tatsächlich als optische Täuschung und lassen ihn größer erscheinen. Als dieser schließlich fortführt: »Dieser Erfolg war nur durch *meine* neue, innovative Heilmethode möglich. Sie wird die Welt der Psychiatrie revolutionieren«, kann kaum eine andere Eingebung aufkommen als die, welche das Forscherduo fast zeitgleich murmelt: »Napoleon-Komplex.«

Just in diesem Augenblick bemerken die beiden ihren parallelen Gedankengang, blicken sich an und grinsen schadenfroh, woraufhin die Soziologin ihrem temporären Kollegen ihre Faust für eine Bro-Fist hinhält. Nach einem Moment der Irritation geht Herrmann der Aufforderung nach und die folgenden ausschweifenden sowie narzisstischen Ausführungen des Dr. Dr. von Perseum geben noch mehr Anlass zu sarkastischen Sprüchen und den daraus resultierenden Bro-Fists.

Am Ende der Führung befinden sich die Sechs wieder im Foyer, wo gerade der Meister des Hauses mit seinem Mopp mehr oder weniger enthusiastisch für die Bodenkosmetik sorgt.

»Sie haben uns sämtliche Pflegerinnen und Pfleger vorgestellt. Aber wie heißt der Hausmeister? Diese Frage wollte er mir nicht beantworten«, fragt Dante direkt nach, als er den apathisch wirkenden Hauswart erblickt.

»Woher soll ich das bitte wissen? Er ist nur Hausmeister!«, ätzt von Perseum, ohne sich darum zu kümmern, dass er sich durchaus in Hörweite des Mannes befindet. »Cedric-Kevin, wissen Sie es?«

Über die Tatsache, dass ihn sein angebeteter Mentor tatsächlich direkt anspricht, ist der junge Mann zwar hoch erfreut, aber ebenso entsetzt, da auch er darauf keine Antwort hat. Auffordernd guckt von Perseum nun Elisabeth und Gordon an, welche mit einem Kopfschütteln ebenfalls verneinen.

»Nun, es ist ja auch gleich. Er ist nur Hausmeister«, entgegnet der Doktor sichtlich desinteressiert an seinen Untergebenen.

»Ich würde ebenfalls gerne wissen, wie der Facility Manager heißt. Aber mir wollte er das auch nicht verraten«, wirft Freya ein, sodass von Perseum sogleich ein Wort an den Mann richten will, der aber inzwischen wieder verschwunden ist.

»Das muss wohl warten«, meint der Doktor, während er einen Blick auf seine top manikürten Fingernägel wirft.

»Cedric-Kevin wird Ihnen die nötigen Sicherheits-anweisungen geben und Sie mit Schlüsseln ausstatten. Ich habe noch zu tun, aber wir sehen uns heute Abend.« Mit breitem Grinsen nimmt von Perseum die Hand der Soziologin, haucht einen Kuss drauf und entschwindet.

»Dann folgen Sie mir bitte«, meint sein Assistent sichtlich angenervt über das übermäßige Interesse seines Mentors an Freya.

»Dante, warte einen Moment!«, versucht Elisabeth, ihren Ex-Freu(n)d zum Bleiben zu bewegen, doch der weist sie nur darauf hin, dass der tiefstimmige Jüngling mit dem melodisch klingenden Nachnamen Schmidtenhuber-Krampholz auf ihn warte und er somit keine Zeit habe.

Als der Abend anbricht, nehmen die temporären Kollegen sowie das oberste Quartett der Klinik an einer besonders apart gedeckten Tafel Platz, die sich nicht nur von ihrer Schönheit und Größe, sondern auch von der Standhaftigkeit und Qualität von den anderen zwei Tischen der Kantine unterscheidet. Dr. Dr. von Perseum bekommt irgendein versnobtes Gourmetessen serviert, derweil die anderen nur eine geringfügig bessere Version des Fraßes der üblichen Belegschaft erhalten, was schlichtweg bedeutet, dass das Essen gesalzen ist. Während Freya in der undefinierbaren Masse herumsticht, die angeblich eine Mahlzeit sein soll, und versucht herauszufinden, was es darstellen könnte, packt sich Dante eine Butterbrotdose mit teurem Ökomüsli und exotischen Früchten aus. Freya, ebenso wie Gordon Horn, welche beide neben dem Psychologen sitzen, starren ungläubig auf sein Essen.

»Wollen Sie auch was?!«, fragt Dante in heiterer Ton-lage, doch die Reaktion der Zwei besteht aus entsetzten

Blicken sowie dem synchronen Schütteln der Häupter. Der Oberpfleger verdankt seinen zahlreichen Allergien und Lebensmittelunverträglichkeiten, dass er die – bleiben wir beim großzügigen Ausdruck – Kantinenkost nicht essen muss, aber da er so gut wie nichts außer eventuell Steine vertilgen darf, zeigt sich das Grauen über diese freiwillige Selbstkasteiung bezüglich des eigenen Speiseplans sichtlich in seinem rundlichen Gesicht.

»Wenn Sie schon etwas selber mitbringen, wieso dann nicht was Gescheites wie ein Steak oder einen Burger?! Ach, was wunder' ich mich, Sie sind ja ein Öko«, murmelt Freya erkenntnisreich vor sich hin und winkt ab.

»Dr. Lindström, ich hatte Ihnen eigentlich die gleiche Köstlichkeit zukommen lassen wie ich sie genieße«, stellt von Perseum überrascht fest und will schon seinen Protegé dafür zur Rechenschaft ziehen.

»Ich weiß, aber ich halte es für sinnvoller, wenn die Schwangere das bessere Essen bekommt«, deutet die Soziologin auf Elisabeth, die am anderen Ende des Tisches sitzt und sich sichtlich vergnügt das Gourmet-menü einverleibt. Gekränkt und empört rümpft der Doktor die Nase, was die Metallerin derart belustigt, dass sie sich ein breites Grinsen nicht verkneifen kann.

Nach dem Essen eilt Dante in sein Zimmer, um einem Gespräch mit seiner einstigen Liebe zu entgehen, doch gewieft wie sie ist, klopft sie natürlich wenig später an seine Tür. Genervt lässt er sie klopfen und bitten, weigert sich aber konsequent zu öffnen. Erst als sie schmerzerfüllt wimmert »Ich glaub', meine Wehen setzen vorzeitig ein«, springt er hoch, reißt die Tür auf, um ihr zu helfen, als sie mit einen schuldbewussten Lächeln meint: »Sorry, aber ich muss mit dir reden.«

Dante rollt genervt die Augen, als er sie hereinlässt und murmelt: »Sag, was du zu sagen hast, und dann geh' wieder.« Er schließt die Tür, bleibt aber an dieser stehen und blickt die Hochschwangere an, die sich beruhigend selbst den Bauch tätschelt, als sie sich ungefragt auf einen Stuhl setzt.

»Hätte ich gewusst, dass du der Psychologe bist, der herkommt, dann…«, beginnt sie das Gespräch deutlich nervös.

»Dann was?!«, unterbricht der sonst so entspannte und freundliche Dante seine einstige Freundin.

»Dann hätte ich dich vorher kontaktiert… Damit es nicht so ein Schock für dich ist«, erläutert Elisabeth, welche sichtlich bemüht ist, die Wogen der Vergangenheit zu glätten.

»Ein Schock worüber?! Dass du, obwohl du immer gesagt hast, du willst nicht heiraten und schon gar nicht den Namen des Mannes annehmen, genau das getan hast?! Oder dass du mir immer erzählt hast, dass du auf keinen Fall keine Kinder willst, und jetzt deutlich schwanger vor mir sitzt?!«, bringt es der Wissenschaftler genervt auf den Punkt.

Zögerlich lächelt Elisabeth und liebkost zärtlich ihr säuglingsgefülltes Abdomen, als sie bestätigt: »Genau das.«

Abermals rollt der Hipster die Augen und brummt mit wachsendem Unwillen: »War's das?«

»Ich will mich für diesen Schock entschuldigen. Ich weiß, es verletzt dich.«

»Es verletzt mich nicht, dass du und Daniel offensichtlich glücklich seid. Ihr habt einander verdient, schließlich habt ihr mich hinter meinem Rücken betrogen. Und ganz ehrlich, auf solche Menschen kann ich gut verzichten. Ich bin nur angepisst, dass ich mit einer solchen Person wie dir nun einige Wochen zusammenarbeiten *muss*«, wirft der Psychologe ein, wobei ihr Blick ihre deutliche Verzweiflung verrät, als sie sich vorwagt: »Ich… Nein, *wir* haben immer noch ein schlechtes Gewissen wegen damals.«

Unbeeindruckt verrenkt Dante die Arme und verzieht genervt das Gesicht.

»Daniel vermisst dich als Freund und auch ich hätte dich gerne wieder in unseren Leben«, erklärt sich die Schwangere mit unsicherem Lächeln, während sie sich immer noch über ihre Kugel streichelt.

»Deine Manipulationsversuche kannst du dir sparen. Für mich ist die Sache durch und mit solchen Menschen, wie ihr es seid, will ich nichts zu tun haben. Freut euch eures Glücks, aber lasst mich in Ruhe«, bleibt der Wissenschaftler unbeeindruckt.

So harte Worte hat Elisabeth nie von ihm gehört, sodass sie traurig ihren hübschen Kopf senkt und ihre Augen langsam feucht werden.

»Ach komm schon! *Das* ist doch nicht dein Ernst?! Wieder die Heulnummer?! Du hast dich nicht verändert. Ich allerdings schon, denn die zieht bei mir nicht mehr. Und jetzt geh bitte!«

Erwischt verlässt sie anschließend schweigend das Zimmer und kaum ist der Hipstologe wieder alleine, schmeißt er sich in voller Montur auf das Bett und ärgert sich darüber, dass er einen kurzen Moment lang Mitleid mit ihr hatte. Doch ehe er sich weiter grämen kann, hört er auf einmal ein mystisches Surren. Er lokalisiert es in dem Raum nebenan, in dem Freya untergekommen ist. Besorgt rafft er sich wieder auf und geht zu ihrem Zimmer, um anzuklopfen.

»Einen Moment!«, vernimmt er dumpf durch die Tür, als das Surren aufhört und sich nach einem Augenblick besagte öffnet. Freya, nur in einem ihr viel zu großen Bandshirt der Underground-Metalband

NordaFrosties[5] gewandet, steht nun vor ihm. Ihre Haare leicht zerzaust, starrt Dante zunächst schamlos auf ihre kunstvolle Tätowierung, die sich ihr komplettes rechtes Bein entlang schlängelt, bis er mit der Sprache rausrückt:

»Ich habe ein seltsames Surren gehört und mir Sorgen gemacht.«

Die Soziologin runzelt die Stirn und entgegnet: »Ein Surren, sagen Sie?!« Der Psychologe nickt und Lindström beginnt zu grinsen, ehe sie zu ihrem Bett geht. Unter der Decke holt sie ein leuchtendes, laserstabähnliches Gerät hervor, mit dem sie anschließend zur Tür zurückkehrt. »Meinen Sie dieses Surren?!« Sie stellt das Gerät an, welches direkt die gesuchten Geräusche von sich gibt und mit starken Vibrationen in ihrer Hand wackelt. Als Dante erkennt, dass dieses Laserschwert der Vergnügung dient, reißt er verschämt die Augen auf, blickt zur Seite und murmelt diffus: »Ich hätte Ihnen nicht zugetraut, dass Sie Star Wars-Fan sind...«

»Wenn Sie nicht vorhaben, dass zu beenden, was *der* hier angefangen hat, sollten Sie wieder gehen«, meint die Wissenschaftlerin lakonisch mit einer Hand in die Hüfte gestemmt. Mit hochrotem Kopf schüttelt der Hipstologe ebendiesen und verschwindet schamerfüllt wieder in sein Kämmerlein. Achselzuckend verschließt Freya die Tür und widmet sich erneut mit ihren Zauberstab den eigenen Sinnesfreuden.

Im Laufe der Nacht wacht Lindström völlig verquollen und wirsch auf. Irgendwelche seltsamen Geräusche unterbrechen den Schlaf der Soziologin, die daraufhin aus dem Bett kriecht und beschließt, die Umgebung nach der Quelle ihrer Störung zu erkunden. Mit ihren

---

[5] *NordaFrosties* – Die wecken den Metaltiger in dir!

wunderschönen SpongeBob-Puschen und einer absurd großen Maglite macht sich die Metallerin auf die Suche und schleicht kurz darauf mit wachsamen Augen durch die Gänge der Klinik, deren Neonlichter verhängnisvoll flackern. Sie lauscht in die Nacht, vernimmt die seltsamen Geräusche der schlafenden Wahnsinnigen und erkennt schließlich einen Lichtschlitz am Ende des Flures, aus dem offensichtlich die kuriosen Töne kommen. Mit einem großen Satz und einem ultrakrassen Jump-Move springt die Metal-Braut in den Raum und erwischt die sich in anderen Umständen befindende Psychologin, die inbrünstig auf der Spielestation π einen brutal-barbarischen Ego-Shooter zockt. Aus dem Augenwinkel bemerkt ebendiese den Besuch und drückt auf Pause.

»Hey, Dr. Lindström! Ich spiel' grad…«

»*Call of Mutti*[6]!«

Kaum hat Elisabeth diese Worte ausgesprochen, springt die Soziologin auf das Sofa und grabscht sich den zweiten Controller, den ihr die Hochschwangere hinhält.

»Ich bin zwar eher für *Call of Cthulhu*, aber 'ne Runde zocken ist immer geil!«, freut sich Freya sichtlich.

Während die zwei Frauen also munter vor sich hin daddeln, entfleucht der Schwangeren eine äußerst abartig duftende Flatulenz.

»Sorry, das Baby drückt auf mein Gedärm«, lacht sie locker, aber dennoch etwas verlegen.

---

[6] *Call of Mutti* simuliert gekonnt die schreckenerregende Situation einer zornigen Mutter, die mitbekommen hat, dass ihr Sprössling etwas ausgefressen hat. Man schlüpft in die Rolle des Kindes, das sich auf der Flucht vor der wütenden Mutter durch sämtliche Widrigkeiten kämpfen muss, immer mit dem Wissen, dass die Bestrafung schlimmer wird, je länger man flieht. Wir alle kennen das: irgendwann gibt es keinen Weg zurück – also Horror pur!

»Kein Problem«, entgegnet die Wissenschaftlerin, hebt ein Bein an und schmettert einen Furz biblischen Ausmaßes in das Sofa, sodass das ganze Mobiliar wackelt.

»Wow, ich dachte schon, meine Schwangerschaftswinde würden übel riechen, aber das stinkt ja nach Tod und Verderben!«, lacht die Psychologin erneut.

»Danke, dafür musste ich auch hart trainieren!«, zwinkert die amüsierte Metallerin, während sie in die Hand klatscht, die ihr Elisabeth zum Einschlagen entgegen hält.

30 TAGE VOR DER

_____S_____

Müde und verquollen sitzt Freya am Frühstückstisch und ext eine Tasse Kaffee weg, als wäre sie völlig dehydriert. Mit großen Augen starrt Dante sie an und in dem Moment, als die Koffeinikerin[7] auch noch den Energy Drink *Rectumless*[8] hinterherkippt, kann sich der gesundheitsbewusste Psychologe den Kommentar nicht mehr verkneifen:

»Halten Sie das wirklich für richtig?!«

Daraufhin erntet er den verächtlichen Blick eines vollkommenen Morgenmuffels mit dezenter Koffeinabhängigkeit. »Ich habe nicht viel geschlafen.«

»Ich würd' ja auch einen Rectumless trinken, aber ich vertrag' weder Taurin noch Koffein. Oder Zucker…«, führt der Oberpfleger Horn aus.

»Sie dürfen also nur Steine essen?!«, murrt die Soziologin immer noch schläfrig.

»Schön wär's, aber ich vertrag' keine Mineralien«, seufzt Gordon und nippt von seinem lauwarmen Leitungswasser. Noch ehe weitere Worte fallen können, tritt Cedric-Kevin an den Tisch und kündigt pathetisch das baldige Eintreffen des Doktors an.

»Meine Damen und Herren, sogleich wird der sagenhafte, geniale und großartige Dr. Dr. Johannes von Perseum an Ihren Tisch kommen. Verhalten Sie sich bitte angemessen.«

---

[7] Als *Koffeiniker* bezeichnet man eine Person, die süchtig nach Koffein ist. Oft geht diese Abhängigkeit auch mit einem erhöhten Taurinbedarf einher.

[8] Der neue, hippe Designerenergydrink *Rectumless* wird von Proktologen im Allgemeinen wegen dem Werbesologans *Wer braucht schon einen Anus?!* abgelehnt.

Genervt murmelt Freya nur: »Alter, Schmitti, ziehen Sie bitte den Kopf aus seinem Arsch – wir essen hier!«

Völlig empört und entsetzt rüstet sich der dürre Sonderling mit der tiefen Stimme zur Verteidigung, als von Perseum eintrifft und Cedric-Kevin ihm hastig die edle Sitzgelegenheit zurecht macht.

»Ach Dr. Lindström. Sie sind so herrlich vulgär. Wahrlich eine Wonne!«, schwärmt der Doktor überschwänglich, während er sich auf seinem hochwertigen, fast sesseligen Stuhl niederlässt.

Die Augen fast zu Schlitzen zusammengepresst, starrt sie ihn grummelnd an, bis sie sich mit der inzwischen dritten Dose *Rectumless* aufrichtet und meint: »Es ist zu früh für diesen Scheiß...«, bevor sie den Tisch verlässt.

»Was für eine Frau!«, frohlockt der Anstaltsleiter begeistert, wobei er ihr hinterhersieht.

»Sagen Sie mal, Dr. von Perseum, wie kommt es, dass die Klinik so chronisch unterbesetzt zu sein scheint?«, will der Hipster vom Chefarzt wissen, als sich Cedric-Kevin korrigierend räuspert.

»Es heißt Dr. *Dr.* von Perseum.«

Dante rollt die Augen und wiederholt angenervt: »Also gut, Dr. *Dr.* von Perseum, wie kommt es, dass die Klinik so chronisch unterbesetzt zu sein scheint?«

Der Doktor legt sich gerade eine Serviette in den Schoß, als er antwortet: »Nun, mein Lieber, ich bezweifele stark, dass ich Ihnen diese komplexen Zusammenhänge erläutern kann.«

»Und weshalb?«, fragt der Psychologe interessiert nach.

»Sie haben schließlich keinen Doktortitel«, entgegnet von Perseum.

Daraufhin rollt Dante abermals die Augen und packt sich an den Kopf. »Jetzt verstehe ich, warum Frau Lindström gegangen ist.« Anschließend steht er schweigend auf und tut es seiner Vorgesetzten gleich.

Gemeinsam mit Gordon Horn sitzt die Metal-Braut wenig später an einem Tisch und geht mit ihm die Patientenakten durch.

»Starke histrionische Persönlichkeitsstörung, ausgeprägte Psychosen, schwere Schizophrenie, Depression – starke paranoide Persönlichkeitsstörung, schwere Schizophrenie, Depression… Es scheint mir, als ob es zu jeder geistigen Erkrankung eine Depression gratis dazu gäbe«, murmelt Freya vor sich hin, als sie die Diagnosen liest.

»Davon bin ich überzeugt! Nur mein Lieblingspatient ist zu wahnsinnig, um sein Leiden zu verstehen und Depressionen zu entwickeln«, sinniert der Oberpfleger.

»Lieblingspatient?«, hakt Lindström neugierig nach.

»Herr Jonathan Noll«, klärt Gordon sie mit einem unnatürlichen Strahlen in seinem rundlichen Gesicht auf.

»Ist das nicht der, der unter anderem am Renfield-Syndrom leidet?!«, erkundigt sich die Wissenschaftlerin unsicher.

»Ganz genau!«, nickt der Oberpfleger grinsend und zeigt dabei mit dem Zeigefinger auf die Soziologin.

»Ah, ein Stoker-Fan!«, stellt sie erfreut fest, nachdem sie seine Intentionen erkennt.

»Ja, aber auch Lovecraft und Poe beflügeln meine morbide Ader«, erläutert Gordon mit einem seligen Lächeln auf dem Mund.

»Dann kann ich Ihnen nur die lovecraftige Autorin Natascha Herkt und den Steampunk-Autor Lars Hannig empfehlen.«

»Die habe ich doch schon längst für mich entdeckt! Daher les' ich gerade *Eine dadaistische Reise ins Unaussprechliche*. Zusammen mit den beiden bildet die Autorin schließlich die Bochumer Dreifaltigkeit!«

»Wenn Ihnen das gefällt, dann werden sie den zweiten Teil davon lieben!«, bemerkt die Metallerin.

»Es gibt einen zweiten Teil?! Coolio!«, freut sich der Oberpfleger, bevor er fortfährt: »Wussten Sie, dass die Autorin davon auch Comics zeichnet?!«

Wortlos öffnet die Doktorine ihren Hoodie und zeigt grinsend ihr *Ragnar rockt!*-T-Shirt.

»Geilomat!«, gibt er daraufhin erheitert von sich, schließlich trifft man nicht allzu oft auf eine Gleichgesinnte.

»Also ich finde, wir haben uns eine Mittagspause verdient«, meint Lindström, während sie die geöffnete Akte zusammenklappt.

»Aber hallo! Ich sag eben Scruffy Bescheid, dass er uns den Raum für die Akten öffnet, damit wir sie wieder sicher verstauen können.«

»*Scruffy?!*«

»Der Hausmeister«, antwortet er, ehe sie erkennend lacht und ergänzt: »Ich weiß nicht, wie es Ihnen geht, aber ich plädiere für ein Du.«.

Gordon nickt zustimmend und entgegnet grinsend: »Da geb ich dir recht – *Fry*.«

Der Oberpfleger ist sichtlich erfreut, als er begreift, dass er in der Metallerin eine gleichgesinnte Horrorfilm- und Groening-Liebhaberin gefunden hat.

»Na klar, *Gordish by nature!*«, feixt Freya erneut und hält ihre Faust für eine Bro-Fist hin.

19 TAGE VOR DER

_____S_____P__

Die endlos erscheinenden ersten Tage in der Klinik, welche aufgrund ihrer bescheidenen Kommunikations-möglichkeiten eine mediale Abgeschiedenheit erzwingt, sind für Freya und Dante damit ausgefüllt, die Mitarbeiter bei ihren Tätigkeiten ganz im Sinne der teilnehmenden Beobachtung zu begleiten und mit ihnen Interviews zu ebendiesen zu führen. Eine solche digitale Abstinenz - Völlig barbarisch! Das ist ja wie im Mittelalter!

Die abendliche Beschäftigungstherapie der Angestellten und somit auch die des Forscherduos gestaltet sich in Form von gemeinsamem Karten spielen, Unterhaltungen oder simplem Zocken an diversen Konsolen. Damit ver-bringen die Wissenschaftler zwangsläufig ihre Freizeit mit den Beschäftigten der Anstalt, wobei der Hipstologe stets darum bemüht ist, nicht alleine mit seiner Ex-Freundin sein zu müssen. Gelegentlich bleibt es auch nicht aus, dass die vorübergehenden Arbeitskollegen die Abende damit verbringen, miteinander über Gott und die Welt zu plaudern, wobei sie meistens weniger religiöse Themen bevorzugen und sich gerne einander mit Sticheleien gegen ihre Fachgebiete necken.

Genervt sitzt Lindström an jenem Morgen im Arbeits-raum, welcher ihr und Dante zu Verfügung gestellt wird, um ihre fancy science zu betreiben. Mit winzigen Darth Vader-förmigen Kopfhörern in ebenso winzigen Öhrchen horcht die Metallerin am Laptop und schüttelt nur kontinuierlich das Haupt, bis sie sich die Hörer aus den Lauschern puhlt, um sich dem Psychologen zuzuwenden.

»Das ist richtig scheiße!«, bricht es ungehalten aus ihr heraus. Fragend schaut Dante auf, welcher gerade die Krankenakten mit fachlichem Blick durchsieht und dabei sogleich seine John Lennon-Lesebrille abnimmt.

»Hören Sie sich das an!«, meint Freya, ehe sie die Kopfhörer ausstöpselt und die Audiodatei zurückspult. Nun erklingt die versnobte Stimme des Doktors, wie er auf Frys Fragen nur mit permanenten Annäherungsversuchen reagiert.

»Wie zum Henker soll ich dieses Experteninterview bitte auswerten?!«, flucht die Wissenschaftlerin verzweifelt, während der Hipstologe verstehend nickt. »Ich brauch' den Scheiß erst gar nicht transkribieren. Das ist total unbrauchbar!«, schimpft Freya lauthals, als sie versucht, die Verspannungen in ihrem Schulterbereich mit diversen Kopf- und Armverrenkungen zu entkrampfen.

»So verspannt?«, stellt der gelockte Mann fest, als die Soziologin bei der halbherzigen Gymnastik ihre Gelenke knacken lässt.

»Aber sowas von! Dieser Dr. von Scrotumpersea ist ebenso hartnäckig wie anstrengend!« Mit weiteren abstrus anmutenden Bewegungen versucht sie sich zu lockern.

»Dr. Scrotumpersea?! «

»Na ja, der Name unseres gottgleichen Überdoktors erinnert mich an Persea; das ist Avocado auf Schlau. Da die Avocado die Hipsterfrucht per se ist, muss ich Ihnen wohl nicht erklären, dass die wortwörtliche Übersetzung der einheimischen Bezeichnung auch *Hoden* bedeutet.«

»Das weiß ich doch. Ich war nur irritiert, weil es doch Dr. *Dr.* von Scrotumpersea heißen müsste«, korrigiert der Hipster mit einen schelmischen Grinsen.

»Gut, dass der das nicht gehört hat«, lacht sie und knackt weiter mit ihrem Genick.

»Haben Sie es schon mal mit Pferdesalbe versucht?«

»Pferdesalbe?!«

»Ja, die hilft bei Muskelkater und Verspannungen«, erklärt Dante in seiner gesundheitlichen Weisheit.

»Ist sie *für* Pferde oder *aus* Pferden gemacht?!«, bittet Fry skeptisch um nähere Informationen.

Der Hipstologe überlegt kurz und meint schließlich: »Ich weiß nicht, ob ich das wissen *will*.«

Zustimmend nickt Freya, ehe sie nachfragt: »Haben Sie welche da?«

Wortlos kramt Herrmann in seiner Retro-Lederschultasche und wirft ihr ein Töpfchen davon zu.

»Ihnen ist schon klar, dass ich mir die nicht selber draufschmieren kann, oder?«

»Sicher?«, erkundigt sich der Psychologe, da sich der Gedanke daran, seine Chefin einzucremen, ebenso unbehaglich wie erstrebenswert anfühlt.

»Ich bin dermaßen verspannt, dass ich nicht mal sicher bin, ob ich mir den Arsch abwischen könnte.«

Nach einen kurzen Moment der Irritation murmelt Dante verlegen: »Wenn Sie sich nackig machen, will ich Ihnen gerne behilflich sein.«

Daraufhin lacht Lindström wie immer laut auf, ehe sie sich schmerzerfüllt und mit vulgären Flüchen des T-Shirts der vollkrassen Metalband *Ironische Made*[9] entledigt. Der Hipster ist sichtlich beeindruckt, als er Freyas Rücken mit ihrem riesigen Drachentattoo erblickt, welches offensichtlich über ihren Hintern entlang geht und ihn erkennen lässt, dass die bereits gesehene Tätowation an ihrem Bein der Schwanz dieses dermalen Kunstwerks sein muss. Die Soziologin bindet sich kurz ihre Haare zusammen, damit ihr Kollege zur Tat schreiten kann.

Während er also so vor sich hincremt, fragt er: »Was wollen Sie mit dem verkackten Interview machen?«

---

[9] Die *ironische Made* - Mit einer unerklärlichen Angst vor der Dunkelheit

Sie seufzt und raunt anschließend: »Ich weiß nicht. Ich brauche es … Können Sie es vielleicht nochmal führen?« Es schwingt eine Mischung aus Hoffnung und Verzweiflung in ihrer Stimme mit.

»Meinen Sie, dass der mich ernst nimmt? Ich hab ja schließlich keinen Doktortitel«, schrotzt Dante ungewohnt garstig.

»Ich bin mir sicher, Ihnen fällt da schon was ein«, zwinkert Freya ihm zu, als sie sich schließlich wieder anzieht. »Ich sollte Dr. Dr. Klötengewächs definitiv auf Abstand halten«, fügt sie feststellend hinzu.

»City-Block oder euklidische Metrik?!«, scherzt Herrmann.

»Am liebsten beides!«, freut sich Lindström über diesen Statistikerwitz. »Eines muss ich Dr. Dr. Sackholz jedoch lassen. Er hat mir verifiziert, dass Freuds Libido-Gedanke und sein Todestriebkonzept tatsächlich existieren: Er will seinen Lebenstrieb in Form von Sexualität an mir ausleben, nimmt aber gleichzeitig in Kauf, dass ich ihn irgendwann umbringen werde!«, erläutert sie ihren Gedankengang.

»Ich wusste gar nicht, dass ihr Soziologen euch auch mit Freud beschäftigt«, meint Dante überrascht.

»Ihr Psychologen habt kein Monopol auf den Zigarren-Schlomo«, kontert sie trocken, bevor sie ergänzt: »Also wenn Sie das nicht dazu bewegt, es mit dem Interview zu versuchen, dann weiß ich es auch nicht.«

Abwiegelnd bewegt Dante sein gelocktes Haupt hin und her, als er raunt: »Ich glaub', da fällt Ihnen sicher was Besseres ein.«

»Sicher doch. Nämlich, dass ich Ihre Chefin bin und Sie theoretisch dazu nötigen kann!«, antwortet sie mit einem diabolischen Grinsen.

Der Hipstologe presst die Lippen zusammen und grummelt mit einem Hauch Schabernack in der Stimme: »Ich hatte befürchtet, dass Ihnen das irgendwann mal einfällt.«

»Tja, ich würd' Sie ja zum Essen einladen, aber Sie vertilgen ja immer nur dieses Körnerfutter«, stupst sie ihn mit zwinkerndem Auge in die Seite.

Etwas später runzelt Lindström wieder einmal verwundert die Stirn, während sie versucht, die Geräusche des Interviews zu filtern. Abermals stöpselt sie ihre Kopfhörer aus, um dem Psychologen erneut etwas vorzuspielen, bis ihr einfällt, dass sie diesen ja zum Doktor geschickt hat. Kaffeedurstig steht sie auf und will ihrer Gier nach dem Koffein nachgehen, als plötzlich die Tür aufgerissen wird und Dante hereinstürmt. Noch ehe Freya etwas sagen kann, stößt Dr. Dr. von Perseum mit einer Häkelnadel bewaffnet die gerade geschlossene Tür auf und will loszetern, als er die Soziologin erblickt und sich ein Lächeln abzwingt.

»Wieso haben Sie diesen… *Pöbel* zu mir gesandt?! Er hat mir die gleichen Fragen gestellt, die Sie mir vor ein paar Tagen gestellt haben!«

Genervt verzieht sie den Mund und zischt: »Wie ich Ihnen bereits *mehrfach* gesagt habe, haben Sie nicht wirklich auf meine Fragen geantwortet.«

»Und dann schicken Sie so einen… *Doktorlosen* zu mir?!« Sichtlich verkniffen ringt der Anstaltsleiter nach Worten.

»Ich habe nun mal gerade keinen Doktor parat«, stellt sie genervt klar.

»Nun, dann müssen Sie wohl auf mein Interview verzichten«, grummelt der Herr der Irren.

Lindström verzieht ihr Gesicht, denn ihr ist bewusst, dass sie dieses Interview für das Projekt braucht. »Und wenn ich heute Abend allein mit Ihnen esse?«, zwingt sich Fry selbst zu diesem wissenschaftlichen Opfer.

Eigentlich ist von Perseum bereits dabei, den Raum zu verlassen, aber als er diese Worte vernimmt, bleibt er natürlich stehen. »Sie dinieren also heute Abend mit mir?«, wiederholt er sicherheitshalber, als ein schelmischer Gesichtsausdruck auf seinem Antlitz entsteht.

»Für die Wissenschaft!«, entgegnet Freya mit pathetisch erhobenem Zeigefinger, bevor sie hinzufügt: »Und wenn das Interview mit Herrn Herrmann brauchbar ist.«

Ein unnatürlich langes Grinsen macht sich auf von Perseums Gesicht breit, ehe er meint: »An *mir* wird es nicht liegen.« Nun nimmt er Freyas Hand und haucht ihr einen Kuss auf ebendiese, woraufhin sie sie angeekelt an ihrer Lederhose abschmiert.

Anschließend blickt der Doktor Dante an, bevor er knurrt: »In fünf Minuten. In meinen Büro!«

Kaum hatte von Perseum das Zimmer verlassen, starrt der Psychologe verwundert seine Chefin an, die seinen Blick erwidert. Nach einem Moment der ungewöhnlichen Wortlosigkeit Freyas murmelt sie etwas besorgt: »Oha, was hat Dr. Dr. Testikelbaum Ihnen angetan?!«, denn erst jetzt bemerkt sie die riesige Beule an seiner Stirn, auf die sie sogleich draufdrückt.

»Aua!«, zuckt der Hipstologe zurück. »Sie sind aber unsensibel!«

»Verraten Sie mir trotzdem, was passiert ist?«

Traumatisiert von den Ereignissen schüttelt sich Dante mit weit aufgerissenen Dötzen und schweigt.

Noch ehe der Psychologe an die Tür des Doktors klopfen konnte, sprang Cedric-Kevin in vollem Eifer vor ihn.

»Was wollen Sie hier?«, platzte es ungefiltert und direkt aus dem jungen Mann heraus.

»Ich wollte ein Interview mit Dr. von Perseum führen.«

*»Sie meinen Dr. **Dr.** von Perseum!«, bestand Herr Schmidtenhuber-Krampholz auf den vollen Titel seines Vorbilds, während der Lockenkopf genervt die Augen rollte und gewollt laut seufzte: »Mit ebendiesem.«*

»Warum? Ihre Vorgesetzte hatte doch bereits ein Gespräch mit ihm. Seine Zeit ist kostbar wie begrenzt.«

»Meine auch, aber es ist eine Anweisung von Dr. Lindström. Also wenn Sie mich bitte nicht weiter aufhalten würden«, murrte Dante und Cedric-Kevin wollte gerade zu einer weiteren maßlos übertriebenen Lobeshymne bezüglich seines angebeteten Mentors beginnen, als sich die Bürotür schlagartig öffnete und von Perseum wie eine Furie brüllte: »Ceeeeeeeedric! Was soll der...?« Er verstummte, als er Dante sah. »Sie?! Was wollen Sie hier?«, giftete der Doktor.

»Dr. Lindström bat mich darum, ein weiteres Interview mit Ihnen zu führen«, antwortete Dante knapp, während von Perseum ihn skeptisch musterte.

»Wieso macht Dr. Lindström das nicht selber?«, wollte der Chefarzt argwöhnisch wissen.

»Sie hat mir keinen Grund genannt«, schwindelte Dante um des lieben Friedens willen.

»Nun, das ist wohl richtig so. Seinen Untergebenen darf man nicht so viel verraten. Kommen Sie rein.«

Kurz darauf saß der Hipstologe vor dem Schreibtisch des Doktors und begutachtete irritiert die zahlreichen Häkelwerke, deren Muster an psychodiagnostische Rorschach-Tests erinnerten.

»Die erstellt meine Frau«, murmelte von Perseum ungefragt, indes er es sich in seinem Sessel bequem machte und eine Pfeife anzündete. Hustend bat Dante darum, auf das Rauchen zu verzichten, doch es kümmerte den Chuck Norris der psychiatrischen Zunft auch nach wiederholten Bitten

herzlichst wenig, was der Doktorlose sagte. Der Wissenschaftler wusste, wann ein Kampf sinnlos war, und wollte das Interview schnellstmöglich hinter sich bringen, als er das Diktiergerät auf den Schreibtisch stellte. Unzufrieden damit, wie es stand, korrigierte der Doktor direkt dessen Position, bevor er Dante gestattete, es anzuschalten. Nach der dritten Frage verzog sich von Perseums Gesicht und er grummelte: »Das sind ja die gleichen Fragen, die Dr. Lindström bereits gestellt hat!«

Ohne dass der Gelockte auch nur die Möglichkeit gehabt hätte, sich zu rechtfertigen, flog ihm auch schon die noch dampfende Pfeife gegen das Haupt. Völlig perplex und überrascht starrte Dante den Doktor an, doch als dieser nach der Keramiknachbildung eines humanoiden Gehirns griff, beschloss der Psychologe, schnellstmöglich das Büro zu verlassen. Er sprang vom Stuhl, hechtete zur Tür und verschwand gerade durch diese, als er das laute Klirren der zerspringenden Skulptur hinter sich vernahm. Er hörte noch irgendeine überhebliche Arschkriecherei von Cedric-Kevin, während er unlängst seine Läuferkarriere wiederbelebte und ins sichere Arbeitszimmer sprintete.

In jener Nacht liegt Dante im Bett und sinniert gedankenverloren über das Leben, als er ein Klopfen an der Tür vernimmt. Verwundert fragt er nach und als er die Stimme der Soziologin erkennt, steht er auf und trottet gen Tür. Nach einer umfassenden Entsicherung öffnet er diese und Freya lässt es sich nicht nehmen, direkt in den Raum zu stiefeln. Und das ist nicht metaphorisch zu verstehen, denn als wirklich truer Metalhead trägt sie natürlich voll die krassen Stiefel!

»Kommen Sie doch herein!«, scherzt Dante neckend, bevor Lindström ihm eine gigantische Flasche Met in die Hand drückt.

»Ich hoffe, dass *wenigstens* Sie trinken! Auch wenn Sie sich sonst nur von Körnerfutter und Ökoscheiß ernähren…«, grummelt sie und zieht ein Taschenmesser aus ihrer Lederhose, um dem Hipster die Flasche sogleich wieder zu entreißen und zu entkorken.

»So schlimm?!«

»So schlimm!«, murrt sie und schüttet sich direkt einen großen Schluck Met aus der Flasche in die Kehle.

Wortlos kramt er Gläser aus dem Schrank, während die Metallerin angepisst raunt: »Tut mir leid, dass Sie jetzt mit mir trinken *müssen*, aber Gordon verträgt keinen Alkohol und Elli… Na ja, warum ich mit ihr nicht saufen kann, ist offensichtlich.« Anschließend nimmt Fry einen weiteren Schluck aus der Flasche, ehe sie etwas davon in die bereitgestellten Gläser schüttet. »Und alleine trinken hat was von Suchterkrankung…«, lacht sie bitter wie ironisch, bevor sie das volle Glas wegext und sich direkt wieder auffüllt.

»Und seinen Arbeitskollegen aus dem Bett zu holen, um ihn zum Trinken zu zwingen nicht?!«, feixt der Hipstologe, bevor sie ihn mit zusammengekniffenen Augen übellaunig anstarrt.

»Sie mussten ja auch nicht mit Dr. Kotz-Klöte essen!« Wieder ext Freya ein volles Glas, schenkt sich nach, indes Dante gerade mal an seinem nippt. Sie begutachtet ihr Trinkgefäß und murmelt: »Hm, echt komisch, das nicht aus einem Horn zu trinken…«, um direkt danach erneut einen kräftigen Schluck zu nehmen. Dieses Mal bleibt etwas im Glas und sie füllt nicht sogleich auf. Verstört starrt sie auf den Inhalt des Bechers und denkt mit blankem Entsetzen an dieses schreckliche Abendessen.

Dr. Dr. von Perseum hatte sich wahrlich Mühe gegeben, um Freya zu beeindrucken. Er hatte Cedric-Kevin dazu verdonnert, Elisabeths Arbeitsraum zu räumen und eine höchst edle sowie romantische Atmosphäre zu schaffen. Mit beinahe beängstigendem Aufwand hatte er das Zimmer in eine Art Liebestempel umdekoriert, der mit einer absurden Anzahl von Kerzen erhellt wurde. Mitten in diesem Wust an Wachs und etwaigem Romantikschmuh befand sich ein festlich gedeckter Tisch, an dem der Doktor bereits Platz genommen hatte.

»Sie sehen wahrlich atemberaubend aus, meine Schöne!«, säuselte er mit verwegenem Grinsen, während sich die Wissenschaftlerin wie immer in Band-Shirt und Lederhose gekleidet ihm gegenübersetzte. »Ich habe uns ein ausgezeichnetes Mahl ersonnen und Cedric-Kevin ist ein hervorragender Koch«, führte der Anstaltsleiter aus.

»Was macht Schmitti eigentlich für Sie?«, erkundigte sich die Soziologin, als er ihr Wein einschenkte.

»Nun, er ist mein Assistent. Er macht seine Approbation an meiner Seite«, erklärte von Perseum mit sichtlichem Stolz über seinen gut dressierten Handlanger.

»Und dann lassen Sie ihn ständig WiHi-Arbeiten erledigen?«, runzelte sie die Stirn entsetzt wie verwundert, während Cedric-Kevin gerade die Vorspeise servierte.

Mit bösem Blick flüsterte er ihr dabei zu: »Für Dr. Dr. von Perseum tätig zu sein, ist eine Ehre und keine WiHi-Arbeit!«

Mit abgeklärter Trockenheit konterte Lindström: »Ach, so einer sind Sie also, **Smithers**!«, und wandte sich dem Essen zu. Nach Tagen der abscheulichen Klinikkost freute sie sich auf eine richtige Mahlzeit – zumindest im Vergleich mit dem Kantinenessen der Anstalt. Doch wie sollte es bei von Perseum anders sein, als dass er Gourmetspeisen anrichten ließ, welche ja bekanntermaßen nur in homöopathischen Mengen kredenzt werden und zudem auch nur semi den gesunden Magen eines erwachsenen Menschen füllen. Mit einer Engelsgeduld ertrug Freya die selbstherrlichen

*Monologe des Doktors sowie dessen wenigstens höfliche Flirtversuche. Schweigend stopfte sie sich dabei die Mikroportionen in den Mund und konzentrierte sich auf die Mastikation der überschaubaren Essensmengen. Wenn sie damit begonnen hätte, auf von Perseum zu reagieren, hätte die nächste Schlagzeile in der Lokalpresse **Hungrige Soziologin erschlägt Psychologie-Koryphäe** gelautet.*

18 TAGE VOR DER

____S__A__P__

Am nächsten Morgen sitzen erneut die üblichen Verdächtigen am Frühstückstisch: Der hochdekorierte Dr. Dr. von Perseum und dessen glücklich versklavter Assistent, Oberpfleger Horn sowie derweil die einzige Psychologin in der Klinik Elisabeth Finkel und das ungleiche Forscherduo von der Ruhr-Universität Bochum. Völlig verquollen schlürft Freya ihre Überdosis Kaffee, während Dante munter sein Öko-Müsli vor sich hin knuspert.

»Können – Sie – etwas – leiser… kauen?!«, stöhnt Lindström.

Grinsend kann – na ja, eigentlich will – sich Herrmann nicht verkneifen: »Wieso denn? Haben Sie etwa eine kleine Alkoholintoxikation?!«

Mit bitterbösem Blick und den derweil obligatorisch zusammengekniffenen Augen starrt sie ihn kurz an, bis Gordon, welcher ihr gegenübersitzt, bemerkt: »Alter, Fry, was ist denn mit dir los? Du siehst aus wie die Kleine aus ›Der Exorzist‹!«

»Ach Gordi… ich habe mich gestern zu sehr dem Met hingegeben und die halbe Nacht dem Porzellangott gehuldigt…«

Mitfühlend schiebt ihr der Oberpfleger ein Schmerzmittel zu, und gerade als sie die Kater minimierende Rettung ergreifen will, grabscht sie sich der Hipster.

»Ich kann nicht zulassen, dass Sie sich erst mit Alkohol volllaufen lassen und dann die Weisheit Ihres Körpers ignorieren und sich ein Analgetikum reinziehen«, erklärt er selbstbewusst sein heroisches Handeln.

Mit einem um einiges finstereren Blick stiert sie ihn erneut an und spricht leise – was bei der lauten Freya grundsätzlich als Anzeichen für große Gefahr gewertet werden sollte –, aber deutlich: »Wenn Sie mir nicht sofort die Tablette geben, so schwöre ich bei Odin, werden Sie gleich darum betteln, selber eine zu bekommen.«

Der Psychologe rollt die Augen und händigt ihr die Pille mit dem Kommentar aus: »Ich hab mich geirrt. Sie sind nicht wie Sheldon Cooper, sondern wie Dr. House – genial und auf Schmerzmittel.«

Fry fummelt die Tablette ungeduldig aus der Verpackung und schmeißt sie sich direkt rein, um mit Rectumless nachzuspülen. Daraufhin wirft sie dem Hipstologen noch einen von Genervtheit getränkten Blick zu, steht schweigend auf und humpelt vom Tisch; sie hat sich im Suff den Knöchel verstaucht und verwendet nun eine Krücke, um diesen zu schonen.

»Ja, definitiv wie Dr. House«, lacht Dante und erhält nickende Zustimmung vom leicht grinsenden Gordon.

Anschließend hat sich Freya mit einer Familienpackung Kaffee ins Büro zurückgezogen, um sich der weiteren Auswertung der Interviews zu widmen. Ihre Kopfhörer beschallen sie diesmal nicht mit den geführten Befragungen, sondern mit dem leidenschaftlich geliebten Metal. Angepisst wie sie von des Hipsters Frechheit ist, hat sie ihn zur Transkription des von Perseum-Interviews verdonnert und reagiert sich jetzt mit den lauten Klängen ihrer Lieblingsband ab. Und – in der Tat – es hilft, denn ihre Stimmung steigt exponentiell nach oben. Als sie schließlich ein virtuos gespieltes Gitarrensolo der Vampyric-Metal-Götter *Cradle of Phils*[10], beginnt sie direkt mit dem Headbangen. Der Hipstologe, er sitzt keine zwei Meter von ihr entfernt, runzelt die Stirn über das bizarre Bild seiner Vorgesetzten, die am Laptop sitzt und plötzlich den Kopf wie eine Wahnsinnige hin und her schüttelt. Dies erklärt Dante ihre Anfälligkeit für die Verspannungen im

---

[10] *Cradle of Phils* – Die Philosophen unter den Kreischern

Nackenbereich und obwohl er keine Ahnung von korrektem Headbangen hat, weiß er, dass es so nicht aussehen sollte. Ein wenig amüsiert über eine Metallerin, die nicht gescheit Headbangen kann, grinst er vor sich hin, bis er eine Auffälligkeit im Interview bemerkt. Er spult zurück und lauscht genauer, um festzustellen, dass dieser Ton eine Art verendendes Röcheln ist, das er während des Interviews mit dem exzentrischen Chefarzt aufgezeichnet hat. Auch wenn dem Psychologen nicht klar ist, was genau ihn an diesem Geräusch beunruhigt, muss er es sich immer wieder anhören. Dennoch kann er diesen Ton nicht definieren und ist davon derart irritiert, dass er es wagt, seine sich im Metalrausch befindliche Chefin in die Realität zu holen. Kaum berührt Herrmann ihre Schulter, schreckt sie auf und plumpst fast vom Stuhl, ehe sie ihn mit Verwunderung ansieht. Schweigend stöpselt sie ihre Kopfhörer aus den zugepiercten Ohren und schaut ihn auffordernd an.

»Sorry, dass ich störe, aber ich hab da ein ominöses Geräusch im Interview entdeckt«, erklärt er sich schuldbewusst für den Schrecken, den er der verkaterten Wissenschaftlerin zugemutet hat.

Skeptisch starrt sie in an und murrt: »Ist es relevant?«

Herrmann schüttelt sein Haupt, wobei sich seine festgegelten Locken keinen Nanometer bewegen.

»Und warum sagen Sie es mir dann?«, grummelt sie sichtlich genervt, als sie sich wieder aufrecht hinsetzt.

»Ich weiß nicht. Aber vielleicht können Sie es sich mal anhören«, bittet er unter Anwendung seines charmantesten Lächelns, was offensichtlich seine Wirkung zeigt, denn obwohl sie verärgert ihren Mund verzieht, geht sie seinem Ersuchen nach. Der Psychologe setzt ihr behutsam seine riesigen Retro-Hipster-Kopfhörer auf und lässt sie lauschen. Verwundert runzelt die Metallerin ihre Stirn, spult nochmal zurück und horcht erneut, bevor sie die Kopfhörer wieder abnimmt und raunt: »Sie haben Recht. Das Geräusch ist echt seltsam. Und es kommt mir irgendwie bekannt vor...«

»Und was könnte es sein?«, fragt der Wissenschaftler neugierig nach.

Fry schüttelt den Kopf, während sie entgegnet: »Ich bezweifle, dass es *das* ist.«

»Nun machen Sie es nicht so spannend«, drängelt er interessiert.

»Es hört sich irgendwie an... Na ja, wie die Zombies in den ganzen Splatter-Filmen. Und dass es *das* nicht sein kann, wissen wir beide!«

»Stimmt«, murmelt der Hipstologe resigniert, bevor er sich von der Antwort enttäuscht wieder seiner Tätigkeit zuwendet und auch Freya sich erneut der Arbeit widmet.

Es ist bereits nach 22.00 Uhr, als es an Dantes Zimmertür klopft. Der gesundheitsbewusste Psychologe aalt sich gerade zwecks Yoga-Übungen auf einer dafür bestimmten Isomatte und ist eigentlich nicht bestrebt, auch nur irgendeine Unterhaltung zu führen. Als er aber die Stimme seiner Chefin vernimmt, fühlt er sich dann doch genötigt, ihr zu öffnen. Verwundert schaut Lindström den in Yoga-Klamotten gewandeten Hipster an, bittet aber ohne darauf einzugehen um Einlass.

»Aber nur, wenn ich nicht wieder mit Ihnen einen trinken muss«, lacht er und bietet ihr einen Stuhl an, während sie antwortet: »Ach kommen Sie, es war doch ganz lustig.«

Nachdem sich Freya ausgemeckert hatte, genoss auch der Gelockte den delikaten Met mit den erkenntnisreichen Worten: »Sie haben ernsthaft Alkohol in eine Anstalt geschmuggelt!«

Sie lachten, als sie miteinander anstießen.

»Na ja, wir sind ja abends nicht mehr in Dienst. Warum sollen wir dann abstinent bleiben?!«

»In der Tat!« Der Hipstologe ließ sich einen Schluck auf der Zunge zergehen, bevor er erfreut feststellte: »Sehr köstlich.«

»Danke. Ist aus eigener Herstellung«, erklärte Fry sichtlich stolz auf ihre brauerischen Fähigkeiten.

»Ja wirklich?!« Dante war begeistert von einem so deliziösen Talent.

»Sicher. Ich liebe Met und bin mit 'nem Imker befreundet.«

»Äußerst praktisch!«

»Allerdings!«

Sie prosteten sich wieder zu.

»Wie haben Sie den eigentlich am Wachmann vorbei geschmuggelt?«

»Na ja, es war offensichtlich, dass die Kontrolle nicht nötig war und er es nur aus Neugier getan hat. Mithilfe einer kleinen Spende…«, begann sie ihre Erklärung.

»Wann haben Sie das denn gemacht?! Ich hab nichts mitbekommen«, wunderte er sich, bevor die Metallerin grinste.

»Ich bin ein Bestechungsninja!«, scherzte sie und gestikulierte kryptisch mit den Händen, woraufhin der Wissenschaftler nur lachen konnte.

Es dauerte nicht lange, da hatten beide genug intus, um besoffen auf dem Tisch in Dantes Zimmer zu diverser Popmusik zu tanzen, die Freya im nüchternen Zustand lautstark verteufeln würde. Es sollte nicht lange dauern, bis die wesentlich betrunkenere Soziologin der heimtückischen Schwerkraft anheimfiel und vom Tisch herunter plumpste. Der Lockenkopf, zwar ziemlich knülle, aber immer noch *ganz und gar ein Hipstergentleman, wollte ihr natürlich aufhelfen, was allerdings nicht nötig war, da der Met Pfötchen gab und Lindström sich eilig aufrappelte. Bei dem Versuch, schnell zum Badezimmer zu torkeln, knickte Fry um und erdete sich erneut. Trotz dieses Hindernisses und daraus resultierendem verstauchten Knöchel raffte sie sich schnell genug auf und schaffte es tatsächlich noch rechtzeitig, die Toilette zu umarmen. Während sich die Metallerin ausgiebig dem Erbrechen hingab, saß Herrmann neben ihr und hielt ihr Haar, bis beide ans Klosett gekuschelt einpennten.*

Bei den Gedanken an die letzte Nacht kann sich der Psychologe sein breites Grinsen nicht verkneifen und merkt an: »Stimmt, wir hatten wirklich Spaß. Bis Sie rückwärts gefrühstückt haben.«

»Zu meiner Verteidigung: Zum einen waren die minimalistischen Mengen, die mir beim Essen mit dem Testikelmann serviert wurden, eine schlechte Grundlage, und zum anderen war dementsprechend auch nicht viel rückwärts zu frühstücken«, rechtfertigt Freya sich trocken, bevor sie ihren Kopf zur Seite neigt und raunt: »Wieso haben Sie Ihre Haare nicht öfters ohne Gel? Das sieht viel besser aus und Hüte würden nicht gleich von Ihrem Kopf rutschen, weil Ihre Haare so glitschig sind.«

Dante greift sich ins Haar und grübelt: »Finden Sie?!«, woraufhin sie nur bestätigend nickt. Nach einem Moment der Überlegung, die Pomade tatsächlich mal wegzulassen, erkundigt er sich: »Ich wollte gerade Yoga machen. Stört es Sie, wenn ich es während unseres Gesprächs tue?«

Grinsend mustert die Soziologin Dante und schüttelt den Kopf. Zwar ist ihm nicht klar, was das zu bedeuten hat, dennoch beginnt er mit dem Kopfstand, bei dem in dieser Übung zusätzlich die Beine gegabelt werden und das Körpergewicht auf dem Haupt sowie den Ellenbogen der angewinkelten Armen ruht.

»Ich wollte mich bei Ihnen entschuldigen, Herrmann. Ich habe Sie gestern überfallen und heute Morgen angegrantelt. Und das tut mir leid«, erklärt sie kleinlaut, während der Psychologe sich in den Schulterstand begibt. Bei dieser mystischen Verrenkung blickt der Wissenschaftler sie durch seine extra dafür kurz gespreizten Beine an und entgegnet: »Schon gut.«

Beeindruckt nickt die Soziologin und murmelt: »Wow, Sie sind echt gelenkig.«

»Wollen Sie es mal versuchen?!«, erkundigt er sich, bevor sie skeptisch die Stirn runzelt und mit einen Schulterzucken entgegnet: »Hm... Wieso eigentlich nicht?! Memento mori[11]!«

Herrmann rappelt sich auf, hält ihr seine Hand hin, sodass er ihr vom Stuhl helfen kann, um dann mit ihr auf der Yogamatte zu stehen. Er richtet sie zur Übung der Kriegerin aus, indem er ihren einen Arm streckt, während er ihren anderen so abknickt, dass ihre Hand an ihrer Schulter liegt und mit dem abgewinkelten Ellenbogen um 90° von ihren Körper absteht. »So, Sie müssen jetzt mal Ihren anderen Arm mehr durchstrecken – ach was sind Sie ungelenk«, stellt der Hipstologe etwas amüsiert fest.

Mit einem schelmischen Grinsen meint Freya daraufhin nur: »Nicht dann, wenn's drauf ankommt.«

Nach einem kurzen gemeinsamen Lachen starren sich beide an, fallen sich im nächsten Moment in die Arme und knutschen sich wild ab. Immer noch mit Mundgymnastik beschäftigt, beginnen sie sich auf das Bett zuzubewegen und sich zeitgleich im Multitasking-Modus gegenseitig von der Kleidung zu befreien.

---

[11] *Memento mori* – Das YOLO des 17. Jahrhunderts

Kurzdarauf liegen sie nur noch in Unterwäsche auf der Schlafgelegenheit und ergehen sich immer noch in inbrünstigen Fummeleien, unterbricht die Metallerin kurz.

»Wir brauchen ein Kondom!«, stellt sie folgerichtig fest und der Psychologe, der noch zuvor auf ihr lag, setzt sich neben sie und raunt: »Na ja, also ich habe jetzt nicht damit gerechnet, in einer Psychiatrie eines zu brauchen.«

Zustimmend nickt sie. »Dito. Ich mag zwar nichts gegen unkonventionellen Sex haben, aber dass ich Pariser mit in die Klapse nehme, so krank bin selbst ich nicht.«

Wieder ein Moment der Stille, ehe sie zu Dantes Gemächt schaut und seufzt: »Zu schade. Das sieht echt vielversprechend aus.«

Kaum hat sie die Worte gesprochen, springt sie auf, sammelt ihre Klamotten ein und verschwindet ohne diese anzuziehen aus dem Zimmer. Verdutzt bleibt Dante zurück, muss aber grinsen, als er nebenan das mystische Surren der ersten Nacht vernimmt, und genießt die gedankliche Vorstellung.

17 TAGE VOR DER

_L__S__A__P__

An diesem Tag schenkt sich Freya das magere Frühstück der Klinik und schafft es mithilfe eines kleinen Obolus an den Wachmann, an etwas Nahrhafteres als Trockenbrot mit fragwürdigem Aufschnitt zu gelangen. Nachdem sie bereits einige Zeit im Büro sitzt, stößt Dante zu ihr und sie wirft ihm direkt eine Tüte mit Backwaren zu.

»Ich hoffe, die sind Bio genug«, murmelt sie, ehe sie sich weiter ihr Mettbrötchen einverleibt. Er blickt in die Tüte, befindet den Inhalt für gut und nachdem er sich bedankt hat, setzt er sich leicht nervös auf seinen Stuhl.

»Wollen wir nicht über gestern reden?«, erkundigt er sich, während er sie verunsichert ansieht.

Lindström dreht sich langsam auf ihrer Sitzgelegenheit zu ihm, indes ihr Gesichtsausdruck deutliche Verwirrung offenbart. »Und warum?«

»Na ja, weil wir fast…«

Sie zeigt auf Herrmann und raunt mit vollem Mund: »Ganz genau: *Fast*!«

»Wir sollten schon darüber sprechen.«

Skeptisch schaut sie ihn an. »Wollen Sie hier den Psychologen raushängen lassen?!«

»Gestern wollten Sie noch meinen kleinen Psychologen…«, murmelt er verstimmt.

»Daran hat sich auch nichts geändert – und so klein scheint der gar nicht zu sein –, aber es besteht dennoch kein Grund, hier in die Rolle des Therapeuten zu schlüpfen und ein Gespräch über ein unnötiges Thema zu beginnen«, entgegnet sie grimmig.

»Und Ihr *Rollen*-Gerede ist kein Soziologenkram?!«

»Doch, aber ist nicht alles soziologisch?!«, meint Fry pathetisch und wackelt verheißungsvoll mit jener Hand, welche nicht ihr Essen festhält.

»Ebenso wie alles psychologisch ist«, kontert er selbstbewusst.

Nun stützt sie ihr Kinn auf ihre Faust, starrt ihn an und zischt: »Also wenn Sie unbedingt wollen, dann reden wir darüber. Aber wehe Sie fangen mit diesem Psychologenschmuh an.« Dann zehrt sie mit einen Bissen weiter von ihrem Gebäck.

»*Psychologenschmuh…*«, grummelt Dante, beginnt aber dann doch mit: »Wie fühlen Sie sich dabei?«

Die Soziologin wendet sich wieder zu ihm, nachdem sie sich zuvor zwecks Kaffeeaufnahme weggedreht hat, und zeigt sichtlich angesäuert auf ihn. »Ganz genau *diesen* Schmuh meine ich!« Wütend stopft sie die Überreste der Backware mit rohem Hackfleisch in sich rein, ehe sie mit Kaffee nachspült.

»*Schmuh?!* Es geht dabei doch schließlich um Gefühle«, verteidigt der Wissenschaftler sein Vorgehen, während sie ihren Kopf in ihre Hände vergräbt und genervt stöhnt: »Wenn ich nicht wüsste, dass Psychologen so reden, würde ich Sie glatt für eine Frau halten…«

»Entschuldigen Sie, dass ich nicht will, dass das Geschehene – Pardon – das *fast* Geschehene unsere gemeinsame Arbeit belastet«, erwidert der Lockenkopf sarkastisch.

Nun wendet sie sich ihm wieder zu. »Also gut, wir reden. Aber diesmal ohne unseren Fachkram! Gestern Abend hätten wir fast miteinander geschlafen, weil wir beide offensichtlich geil aufeinander sind, waren oder was auch immer. Wir haben es allerdings nicht miteinander getrieben und Sie fühlen sich jetzt genötigt, über etwas zu sprechen, das unsere Arbeit *Ihrer Meinung* nach beeinträchtigt. Sehe ich das richtig?«, fasst sie zusammen.

»Es beeinträchtigt doch unsere Arbeit! Sie waren heute Morgen nicht am Frühstückstisch«, wirft er ein, bevor die Metallerin laut seufzt.

»Weil ich damit beschäftigt war, den Wachmann zu bestechen, um hier endlich mal vernünftiges Essen zu bekommen.« Genervt massiert Fry ihre Schläfen. »Bis Sie damit angefangen haben, es aufzublasen, war *gar nichts* beeinträchtigt!«

»Wenn Sie das so sehen…«, murrt Dante frustriert.

»Offensichtlich tue ich das. Aber sagen Sie es mir doch, *Herr Psychologe*! Interpretieren Sie doch mein Verhalten und leiten meine Emotionen daraus ab«, giftet Lindström hinterher. Nun schauen sich beide verärgert an, um sich dann synchron voneinander abzuwenden.

Spät am Abend liegt Herrmann wieder einmal nachdenklich im Bett und grübelt über den Tag. Er und Freya hatten sich bis zum Mittagessen angeschwiegen, doch nachdem sie sich mit lauter Musik am Laptop abgemetalt hatte, schien sie ihm tatsächlich nicht verändert im Umgang mit ihm. Vielleicht liegt sie richtig, dass er es mit seinem Gerede erst zum Problem gemacht hat?!. Doch ehe der Psychologe sich weiter in seinen Gedanken ergehen kann, vernimmt er dieselben ominösen Geräusche, die er einen Tag zuvor auf dem Tonband festgestellt hat. Um dem endlich auf den Grund zu gehen, rappelt er sich auf, schnappt sich seine kleine Taschenlampe und schwärmt aus. Während er also durch die gruslige, aber durchaus überschaubaren Flure der Klinik patrouilliert, schweifen seine Gedanken abermals Richtung Freya ab. Doch plötzlich hält er inne, denn ihn beschleicht das unwohlige Gefühl, irgendetwas könnte hinter der Ecke des nächstgelegenen Seitenflurs lauern. Daraufhin spannt sich sein ganzer Körper dermaßen an, dass er mit einem Stück Kohle zwischen den knackigen Arschbacken einen lupenreinen Diamanten hätte zaubern können.

Langsam nähert sich der Wissenschaftler dem ominösen Korridor, dessen unbeleuchtete Undurchsichtigkeit ihn dazu veranlasst, sich mental auf eine mögliche Verteidigung vorzubereiten. Kurz bevor er endlich um die Ecke in den Flur blicken kann, springt ihm aus ebendiesem die mit ihrer abstrus großen Maglite bewaffnete Fry vor die Füße.

»Grundgütiger, Herrmann, Sie sind es!«, pustet sie vor Erleichterung aus.

»Ich freu' mich auch, Sie zu sehen«, scherzt der Wissenschaftler doch etwas beruhigt.

»Was machen Sie eigentlich mit dieser kümmerlichen Taschenlampe hier?!«, erkundigt sich Freya neugierig wie belustigt.

»Kümmerlich?! Es kann ja nicht jeder so ein Monstrum herumschleppen wie Sie. Vielleicht hatte Freud mit seinen Penisneid ja recht?!«, grinst der Hipstologe.

»Aber sicher doch. Allerdings leb' ich meinen Penisneid in der Regel so aus, dass ich mir einen solchen einführen lasse«, zwinkert sie bewusst frivol, um den Gelockten zu necken.

Der lächelt tatsächlich und auf die erneute Frage, was er in den sterilen Korridoren zu suchen hat, erläutert er sein Anliegen und erfährt, dass Lindström das Gleiche hat. Also beschließen sie, mit vereinten Kräften den obskuren Lauten auf die Schliche zu kommen und wagen sich sogar mit wachsamen Augen aus dem Gebäude in die düstere Nacht, da sie die Geräuschquelle im umgebenden Wald verorten. Vorsichtig mustern sie die finstere Umgebung und versuchen zwischen den bedrohlich wirkenden Bäumen etwas zu erkennen.

»Vermutlich werden wir langsam paranoid…«, murmelt Freya. Dantes Nicken veranlasst sie, sich doch wieder zurück zum Gebäude zu begeben. Doch kaum hat Lindström die Türklinke in der Hand, springt ein extrem speichelnder Kerl aus dem Gebüsch und greift die überraschten Forscher an. Der Psychologe führt geistesgegenwärtig einen mystischen Karate-Move aus, um den Mann niederzustrecken, und noch ehe irgendwas anderes hätte passieren können, stürmen auch bereits die Sicherheitsleute aus dem Haus und packen den sich heftig wehrenden Menschen.

Eine Stunde später sitzen Dante und Freya grüblerisch auf dem zur Couch zweckentfremdeten Bett in ihrem Zimmer. Es hat sich herausgestellt, dass der Mann im Wald der erst kürzlich entlassene Patient Horst van der Swaffeln ist, welcher sogleich wieder seinen Weg zurück in die altbekannte Gummizelle fand.

Resümierend und mit einen Glas Met in der Hand frönen die Zwei der synchronen Verwunderung.

»Der Mann soll also seit Wochen im Wald herumgegeistert sein, ohne dass das jemand bemerkte…«, stellt Dante skeptisch fest, während er sich nachdenklich den Drei-Tage-Bart krault und hinzufügt: »Und wenn er so lange da draußen rumlief, müsste er doch um einiges ungepflegter aussehen!«

Lindström nickt bestätigend. »Entweder, die Sicherheitsmaßnahmen sind echt beschissen… oder irgendwas ganz Seltsames geht hier vor.«

»Ich werde morgen mal einen Blick in die Krankenakte werfen. Vielleicht erhellt das unsere Zweifel«, meint er.

»Möglich. Aus Dr. Dr. Klöte ist ja nichts herauszukriegen«, murmelt die Wissenschaftlerin und nippt am

Glas. »Sagen Sie mal, Herrmann. Haben Sie eine Idee, was mit dem Mann los sein könnte?«

Rätselnd schüttelt der Hipstologe den Kopf und gibt zu bedenken: »Das wüsste ich auch gerne… So wie er sich aufgeführt hat, scheint er mir wie ein tollwütiger Wahnsinniger. Ich muss mehr wissen, ob das zu seinem Krankheitsbild passt. Und wenn ja, ist mir schleierhaft, wie der große von Perseum so jemanden entlassen konnte.«

»Äußerst kurios…«, raunt die Metallerin, bevor sie erneut von ihrem Met nippt.

»Nicht so kurios wie Ihr Batman-Strampler«, merkt der Hipster grinsend an, während er auf Freyas Einteiler mit unübersehbarem Batman-Logo deutet.

»Was denn?! Es ist bequem und hält die Nierchen warm«, rechtfertigt sich die Soziologin leicht empört.

»Ich hatte gedacht, Sie würden in so einem übergroßen T-Shirt schlafen, wie Sie es neulich trugen«, erläutert er sein Amüsement.

Mit verzogenem Mund schüttelt Lindström ihren Kopf und antwortet: »Nein. Darin masturbiere ich nur.«

Einen Moment blickt Herrmann sie irritiert an, wobei ihm der Gedanke daran kurz darauf ein breites Grinsen entlockt.

15 TAGE VOR DER

_L__S__A__P_E

Mit viel Überredungskunst und einem fast dreistelligen Betrag an den creepy Hauswart hat sich Dante den Zugang zu den Akten erkauft und wühlt sich gerade fleißig durch die Bestände auf der mühsamen Suche nach Horst van der Swaffeln, da ihm die Angaben des Oberpflegers zu diesem offensichtlich nicht reichen. Während er also konzentriert die Namen der ehemaligen sowie aktuellen Patienten durchgeht, tippt ihm etwas auf die breiten Schultern und er zuckt kurz zusammen.

»Entschuldige, ich wollt dich nicht erschrecken, Dän!« Elisabeth lächelt ihn verunsichert an.

»Was machst du denn hier?!«, fragt der Psychologe, als die Hochschwangere wohlig ihre Schultern hochzieht und mit ihrem Kopf wackelt, bevor sie antwortet: »Ich freu mich nur so für dich.«

Irritiert schaut er seine Ex an und überlegt nach möglichen Gründen für ihre Verzückung. »Dass ich fast 100 Obnis an den Hausmeister losgeworden bin?!«, erkundigt er sich, woraufhin sie kichert.

»Nein, dass du drüber hinweg bist.«

Das klärt den Hipstologen immer noch nicht wirklich auf, sodass er grummelt: »Aber das fällt dir erst jetzt auf?!«

Wieder gluckert Elisabeth vergnügt und meint: »Nein, aber dass du kein Gel mehr in den Haaren trägst...« Sie grinst mysteriös. »Das hast du für mich nie aufgegeben.«

»Ich versteh' nicht ganz, was du mir damit sagen willst«, entgegnet der Psychologe sichtlich konfus.

»Na ja, Dr. Lindström hat dir doch bestimmt gesagt, dass du ohne besser aussiehst«, merkt die werdende Mutter mit einem vor Freude strahlenden Gesicht an.

»Ja, und?!«, murmelt Dante, welcher immer noch deutlich verwirrt ist.

»Es war dir egal, dass ich es nicht mochte, aber auf sie hörst du.« Erneut kichert seine Ex-Freundin wie ein betrunkenes Schulmädchen im Aufklärungsunterricht.

»Und da interpretierst du jetzt was weiß ich hinein?!«, murrt der Hipster und spricht leise zu sich selbst: »Jetzt verstehe ich, warum Lindström nicht gepsychologt werden will…«

»Was soll ich denn sonst darein interpretieren, außer, dass du sie magst«, frohlockt sie mit dem erleichterten Lachen eines Menschen, dessen schlechtes Gewissen dahinschwindet.

Der Hipster rollt die Augen und antwortet trocken: »Vielleicht, dass ich mir Anmerkungen von Menschen, die nicht irgendwas sagen oder tun, um andere zu manipulieren, eher zu Herzen nehme?!« Anschließend widmet er sich wieder der Suche nach der begehrten Akte.

»Was suchst du?«, erkundigt sich die Schwangere in der Hoffnung, ihren Ehemaligen zu erweichen.

»Die Akte von Horst van der Swaffeln«, murmelt er beschäftigt.

»Die hat Dr. Dr. von Perseum in seinen Büro«, beendet Elisabeth Dantes Suche abrupt.

»Verdammt, dann hab' ich den Hausmeister umsonst bestochen«, stellt dieser entrüstet fest.

»Das hast du auch so. Ich hätte dir den Zugang zu den Akten öffnen können«, meint seine Verflossene immer noch um seine Vergebung bemüht.

Herrmann schaut sie an, schüttelt den Kopf und erwidert: »Das sehe ich anders.«

14 TAGE VOR DER

_L__S_CA__P_E

Es ist gerade kurz nach eins, als sich das dynamische Forscherduo des Nachts an der Bürotür des Doktors zu schaffen macht. Dass Freya an ihrem Taschenmesser einen Dietrich hat, verwundert den Psychologen bei weitem nicht mehr, denn sie ist besser ausgestattet als jeder Survival-Master. So leise wie möglich und nur mit Dantes zwergenhafter Taschenlampe ausgestattet, schleichen sie nach erfolgreichem Einbruch in den Raum. Nachdem die Tür geschlossen ist, machen sie sich direkt an von Perseums Schreibtisch zu schaffen.

»Ich versteh' immer noch nicht, warum wir meine Maglite nicht genommen haben«, murrt Lindstöm entrüstet über das spärliche Licht der winzigen Funzel.

»Weil sie mehr einem Flutlicht gleichkommt und damit gänzlich ungeeignet für eine nächtliche Straftat ist«, erinnert der Hipster nüchtern, während die Soziologin die Schubladen aufzieht und darin wühlt. Nach kurzer Zeit sind nur noch zwei davon unerforscht, weil diese – wie sollte es anders sein – abgeschlossen sind. Natürlich kommt erneut der Dietrich zum Einsatz, welchen sie liebevoll Marlene[12] nennt, und nach einem dezenten Knacken öffnet sich das Schloss wie die Schenkel eines willigen Weibes. In der ersten Schublade finden sich die versteckten Utensilien der heimlichen Leidenschaft des Doktors neben einer fast zur Gänze geleerten Keksverpackung.

Mit dem Kommentar »Von wegen seine Frau…« deutet Herrmann grinsend auf die Häkelnadeln sowie das angefangenen Platzdeckchen. Die Wissenschaftlerin lacht so leise wie es einer so lauten Person wie ihr möglich ist und stopft sich einen der einsamen Kekse in den Mund, bevor sie sich der zweiten Schublade widmet. Kaum hat Marlene ihre Aufgabe erledigt, werden die

---

[12] Der *Marlene-Dietrich* – Für den Einbruch mit Stil

beiden der begehrten Akte fündig. Freya legt diese auf den Boden, um die einzelnen Seiten mit dem Handy abzufotografieren, während der Lockige ihr leuchtet. Nach einem Kontrollblick auf die Fotos bestrebt die Metallerin das Schriftstück wieder zurückzulegen, als Dante sie davon abhält und murmelt: »Schauen Sie mal!«

Unter der Akte hat bis dato unbemerkt ein Bild von Fry in einem dekadenten Goldrahmen geruht. Entsetzt wie neugierig entnimmt sie den Gegenstand, indes der Hipstologe angewidert feststellt: »Da sind ja Lippen-abdrücke auf dem Bild!«

Während sie noch entgeistert darauf starrt, greift er bereits in die Schublade und holt eine nicht gerade winzige Packung mit Kondomen hervor. Verdattert darüber glotzen die beiden irritiert auf die Verhüterlis, schauen sich dann an und grinsen. Schnell stopft Lindström das Bild sowie die Akte in die Schublade und schließt diese, als er schon beginnt sie zu küssen.

Kurz darauf, aber nach einer angemessenen Zeit unter Berücksichtigung der Manneskraft und Ausdauer, liegen die beiden nackt auf dem Teppich hinter dem Schreib-tisch. »Also, ich weiß, das war jetzt keine so kluge Idee mit Ihnen zu schlafen, aber es war definitiv eine Befriedigende!«, bricht Lindström das postkoitale Schweigen, während sie neben ihm weilt.

Dante dreht sich mit gekräuselten Augenbrauen zu ihr und sagt ungläubig: »Wirklich? Selbst *jetzt* siezt du mich?!«

Die Soziologin verzieht ihren Mund und reicht ihm ihre Hand rüber. »Angenehm, ich bin Freya.«

Etwas verwirrt schüttelt er die dargebotene Hand, unterdessen sie sich zu ihm dreht: »Da wir jetzt sowieso für Arbeitskollegen unpassenderweise intim geworden sind, können wir es eigentlich nochmal tun.« Bei diesen Worten stützt Fry ihren Kopf auf ihren Arm und blickt ihn mit verwegenem Gesichtsausdruck an.

»Kann ich dieses Mal oben liegen?«, fragt Dante neugierig und schelmisch lächelnd.

Daraufhin grinst die Metallerin. »Ich hab 'ne bessere Idee: Der Schreibtisch!«

Sichtlich von diesem Einfall angetan, hilft er ihr hoch und setzt sie auf die Schreibfläche, während sie bereits ihre Beine um ihn schlingt.

In den frühen Morgenstunden sitzt das Forscherduo in Dantes Bett und sichtet die Fotos der Krankenakte des Horst van der Swaffeln. Stirnrunzelnd brütet der Psychologe über den Aufnahmen und schüttelt schließlich den Kopf.

»Diese Akten sind unvollständig«, erklärt er dezent frustriert.

»Inwiefern?!«, erkundigt sich Freya.

»Nun ja, der Mann wurde vor wenigen Wochen entlassen, aber die Aufzeichnungen zu seiner Behandlung enden schon Monate davor. Hier steht nur, dass die bis dahin laufende Therapie nicht abgeschlossen wurde, ohne Angabe von Gründen oder sonst was. Und bei seinem Krankheitsbild kann er unmöglich von selber genesen sein *ohne* irgendeine Form der Behandlung«, antwortet er, indessen die Soziologin grüblerisch nickt.

»Hast du 'ne Idee, wie wir vorgehen könnten?«

»Ich würde mir gerne selber ein Bild von ihm machen, aber ich bezweifle, dass mich von Perseum zu ihm lässt. Er weigert sich schon, dass ich die anderen Patienten auch nur aus der Ferne sehe«, murrt der Hipstologe genervt, da des Doktors konsequente

Weigerung, ihn zu den Patienten zu lassen, Dantes Forschung behindert.

»Ich werd' Gordi morgen mal anschleimen. Er wird dir sicherlich einen heimlichen Blick ermöglichen. Dr. Testikelbaum hat zwischen zehn und elf immer seinen *Massage*termin.« Dass Fry bei dem Wort *Massage* ihre Finger als Anführungszeichen verwendet, verdeutlicht ihre Skepsis daran.

»Woher weißt du das?!«, fragt der Lockenkopf verwundert.

»Während wir eben den Tisch für unsere Vergnügungen zweckentfremdet haben, haben wir doch seinen Terminkalender runtergebumst. Als ich ihn nach dem Wemsen aufgehoben hab', konnte ich es mir nicht verkneifen, hineinzuspicken«, grinst Lindström verwegen, bevor sie die Packung Kondome aus ihrem BH puhlt. Mit den Worten »Die habe ich übrigens mal prophylaktisch mitgehen lassen« wirft sie Herrmann dreckig lachend die Verhüterlis an die Rübe.

13 TAGE VOR DER

_L__S_CA__P_E

Fleißig, aber trotz fast schon letaler Dosis Kaffee noch ultramüde, quält sich Freya mit der Analyse der transkribierten Interviews ab, während sie an einem Beef Jerky rumkaut. Kurz darauf klopft es an der Tür und Dante kommt von seiner heimlichen Begutachtung des Horst van der Swaffeln wieder.

»Und?«, fragt die Soziologin neugierig wie interessiert.

»Ganz ehrlich, ich glaube, der hat Tollwut«, meint er nüchtern.

»Tollwut?!«, wiederholt die Metallerin ungläubig.

»Van der Swaffeln ist total aggressiv und hört nicht auf zu randalieren. Selbst, als er fixiert wurde und ihm ein starkes Sedativum injiziert wurde, hörte er nicht auf, à la Klaus Kinski zu toben! Und das bei einer derart hohen Dosis!«, erläutert der Psychologe, bevor er nachdenklich hinzufügt: »Seine Aggressivität entspricht zwar seinem Krankheitsbild, aber nicht, dass er versucht, Leute zu beißen.«

»Aber er hat es nicht geschafft, dich anzuknabbern, oder?!«, hakt Lindström sichtlich besorgt nach.

»Gott sei Dank nicht! Als van der Swaffeln mich angriff, takelte Herr Horn ihn um und fixierte ihn mithilfe eines Kollegen.«

»Und du meinst echt, er könnte tollwütig sein?!«

Herrmann richtet achselzuckend seine Weste. »Nun, die Symptome stimmen meiner Erkenntnis nach weitestgehend. Allerdings beträgt die Inkubationszeit mindestens drei Monate. Falls es sich um diese Krankheit handelt, dann müssen wir den Doktor mal mehr auf den Zahn fühlen, denn dann hätte er sich unter seiner Obhut infiziert. Ganz zu schweigen vom baldigen Tod…«

Grüblerisch nickt Freya. »Zu dumm, dass in dieser Pampa kein Handyempfang oder Internet vorhanden ist.

Dann könnten wir vielleicht mehr in Erfahrung bringen. Tante Google und Onkel Wikipedia wären da sicher hilfreich.«, raunt sie, bevor sie sich das nächste Stück Beef Jerky in den Mund schiebt.

»Und, was machen wir jetzt?«, knuspert sie vor sich hin.

»Wir könnten ja wegen letzter Nacht sprechen?«

Daraufhin entgleisen Frys Gesichtszüge zur Grumpy Cat. »Natürlich willst du darüber reden.«

»Du nicht?!«, erkundigt sich Herrmann ungläubig, ehe die Soziologin laut seufzend entgegnet: »Ich habe bis dato noch nie mit jemandem geschlafen, der mir unterstellt ist, und eigentlich ist das auch keine gute Idee. Aber in Anbetracht der Tatsache, dass wir in ein paar Wochen hoffentlich mit dem verschissenen Projekt fertig sind, seh ich da ehrlich gesagt keinen Redebedarf. Du etwa?!«

»Ja. Allerdings«, antwortet der Lockenkopf hartnäckig.

Die Wissenschaftlerin schiebt sich noch etwas Fleisch zwischen die Kauleisten und murrt: »Dann rede.«

Unsicher lächelt der Psychologe, beginnt aber dennoch zu sprechen. »Ich weiß, wir kennen uns erst seit kurzem, aber wir verbringen viel Zeit miteinander, und das nicht nur, weil wir es müssen. Ich mein', auch wenn Herr Horn oder auch mal Frau Finkel dabei sind…«

Kauend wirft sie ein: »Und das heißt?«

»Ich hab' mich in dich verliebt und möchte mit dir zusammen sein.«

Daraufhin verschluckt sich Freya fast vor Schreck, spült aber alles mit einem Schluck Kaffee runter, bevor sie murmelt: »Sicher, dass das nicht was mit Elli zu tun hat?!«

»Was meinst du?«, erkundigt sich Herrmann mit unwohlem Gefühl.

»Sie hat es mir erzählt«, antwortet die Wissenschaftlerin knapp.

»Und?!«, entgegnet der Hipstologe ungewöhnlich kurz.

»Bist du sicher, dass du sie nicht einfach nur eifersüchtig machen willst?«

»Ganz sicher«, beharrt der Gelockte auf seinem Standpunkt, aber an Lindströms Blick merkt er, dass sie immer noch skeptisch ist, fährt dennoch fort. »Eine Frage: Hattest du, bevor sie es dir erzählt hat, daran gedacht, dass ich was für sie empfinden könnte?!«

Sie schüttelt den Kopf und raunt: »Das heißt ja nicht, dass es nicht so sein könnte.«

»Wir beide wissen, dass dir das aufgefallen wäre«, gibt der Hipster zu bedenken, bevor er hinzufügt: »Ist es vielleicht so, dass du es dir selber einredest, weil du Angst hast, erneut verletzt zu werden!?«

Mit zusammengepressten Augen starrt Fry ihn an und giftet: »Alter, hör auf, den Seelenklempner raushängen zu lassen!«

»Ach komm schon, das würde selbst einem Laien in den Sinn kommen!«, winkt Herrmann in seiner Psychologenehre gekränkt ab. »Außerdem, wieso hast du mit mir geschlafen, wenn du denkst, ich wäre in eine andere verliebt?!«

»Was hat denn das eine mit dem anderen zu tun?! Wir waren… sind geil aufeinander, also why not?!« Freya steht auf, um sich neuen Kaffee einzuschenken, als Dante sie daran hindert. Er dreht sie zu sich um und umschließt sie mit seinen Armen. »Wenn du mir sagst, dass du nichts in der Richtung fühlst, dann werde ich nie wieder ein Wort darüber verlieren.«. Sichtlich unsicher starrt sie ihn an, bleibt aber stumm. »Also empfindest du auch so?!«, grinst Herrmann zufrieden.

»Ich weiß nicht…«, murmelt sie leicht verstimmt, während sie seinen Blicken ausweicht.

»Pass auf, ich werde dich jetzt küssen und dann wirst du es wissen.«

Dieser Ankündigung folgt gleich die Tat und er presst sanft seine Lippen auf die ihrigen.

»Und?«, erfragt er mit einem schon fast gruselig-optimistischen Lächeln.

Schweren Herzens seufzt Freya: »Möglicherweise…«

Wieder grinst der Hipster und frohlockt: »Keine Sorge, lass dir Zeit. Aber ich kenne jetzt die Antwort.«

Sie verzieht ihr Gesicht. »Alter, Herrmann, du bist so kitschig!«

»Und das gefällt dir!«, feixt Dante und drückt ihr nochmal einen Kuss auf den Mund.

Während die beiden also munter vor sich hin knutschen, springt plötzlich die Tür auf und ein vor Wut tobender Dr. Dr. von Perseum stampft ins Arbeitszimmer.

»*Sie!*«, brüllt der aufgebrachte kleine Mann, als er auf die Zwei zeigt und Cedric-Kevin mit ernster Miene seinem angebeteten Mentor in den Raum nachfolgt. Das irritierte Forscherduo lässt voneinander ab und muss nicht lange auf weitere Informationen warten.

»*Sie* haben auf meinen Schreibtisch kopuliert!« Seine Stimme zittert theatralisch, während sein Kopf vor Wut rot anläuft.

»Ja, und?!«, entgegnet Freya unbeeindruckt, wobei allerdings der Hipstologe entsetzt über von Perseums gute Kenntnisse bezüglich seines Sexuallebens ist.

»Woher wissen Sie das?«

»Nicht, dass es Sie etwas angeht… Ich habe Sie auf meinem Überwachungsvideo gesehen! Schämen Sie sich, *SCHÄMEN SIE SICH*!«, keift der cholerische Doktor, ehe er sich in seinem wachsenden Zorn an die Soziologin wendet. »Sie Kokotte! Meinem Charme haben Sie sich verwehrt und geben sich so einem titellosen Flegel hin!«

Wortlos verschränkt sie die Arme und blickt genervt zur Seite.

»*Das* ist Ihre Antwort?!«, pöbelt von Perseum.

»Antwort? Auf welche Frage?! Sie haben den Sachverhalt doch auf den Punkt gebracht!«, grinst Fry mit sichtlicher Schadenfreude.

»Genug! Sie und Ihr Liebhaber räumen *SOFORT* meine Klinik!«, zetert der Doktor mit drohend erhobenem Zeigefinger, woraufhin die Metallerin nur gelassen ihren Kopf schüttelt: »Sie haben mit meinem Prof einen Vertrag. Der berechtigt uns, solange wie nötig hierzubleiben, um das Projekt abzuschließen. Und glauben Sie mir, ich werde in dieser Walachei auch nicht länger bleiben als erforderlich. Also kriegen Sie sich wieder ein oder ich treib' es direkt vor Ihren Augen mit Herrmann!«

Noch rasender als zuvor knirscht von Perseum hörbar mit dem Kiefer, während eine bedenklich große Ader auf seiner Stirn hervortritt und die Farbe seines Kopfes schon ins Dunkelrote übergeht. Schweigend trampelt der Doktor aus dem Zimmer und stürmt durch den Korridor, verschanzt sich Tür knallend in seinem geheiligten Büro, von wo man sein lautes Fluchen noch durch die ganze Anstalt hört.

»Sie sind wirklich schäbige Personen. Wirklich ganz, ganz schäbige Personen!«, plustert sich Cedric-Kevin noch dramatisch auf, ehe er fast in Warp-Geschwindigkeit seinem Chef nachrennt. Dante schließt die Tür, dreht sich um und raunt: »Das kann ja was werden.«

Während sich die Wissenschaftlerin ihren begehrten Kaffee einschenkt, antwortet sie nüchtern: »Wenn wir

Glück haben, dann lässt er uns in Ruhe. Wenn wir Pech haben, terrorisiert er uns. Letzteres gefällt mir persönlich besser als seine ständigen Avancen.«

Anschließend nippt sie an ihrem koffeinhaltigen Ambrosia.

»Mir ehrlich gesagt auch«, grinst Herrmann, indes er ihr das Getränk aus der Hand nimmt, um sie erneut an sich zu ziehen und sie küsst. »Hm, Beef Jerky-Kaffee, gar nicht so schlecht!«, stellt er anschließend amüsiert fest und entlockt ihr damit ein Grinsen.

Am Abend sitzen Elisabeth und Freya auf dem Sofa, um wieder einmal eine Runde an der *Spielestation* zu zocken, derweil Gordon und Dante am Fenster stehen und den dunklen Wald beobachten.

»Das ist wie bei *Cabin Fever* – Mehrere Personen in einer beschaulichen Unterkunft im Wald, die sich über seltsame Ereignisse Gedanken machen…«, stellt der Oberpfleger fest.

»Hoffentlich nicht. Auf so 'ne Seuche hab' ich echt keinen Bock!«, murmelt die Soziologin, indes sie inbrünstig spielt.

»Das wäre auch nicht gut fürs – *Huch!*« Erschrocken wie belustigt bemerkt Elisabeth das in ihr randalierende Kind. »Guckt euch das an!«, lacht sie mit einem Fingerzeig auf ihren prallen Schwangerschaftsbauch, an dem sich gerade der Fuß des Säuglings abzeichnet, als dieser sich in ihr windet.

»Sicher, dass das kein Alienparasit ist?!«, scherzt Fry, während sie interessiert drauf glotzt.

»Ha!«, ruft die Mutter in spe, die die Ablenkung ihrer Spielkontrahentin ausnutzt und sie digital niederstreckt.

»Elli, du Luder!«, zwinkert die Metallerin.

Zufrieden grinsend streichelt sich die Schwangere über ihre Kugel, bevor sie entzückt meint: »Ich kann es kaum erwarten, dass die kleine Jorien-Coco endlich da ist.«

Bei diesem mehr oder weniger klangvollen Namen runzeln die restlichen Anwesenden die Stirn und der Hipster flüstert zu sich selbst: »Gut, dass der Kelch an mir vorüber gegangen ist...«

»Was haben Sie gesagt, Herr Herrmann?«, erkundigt sich Gordon, der gerade fasziniert die grusligen Bauchbewegungen begutachtet.

»Dass es immer schön ist, Kinder zu kriegen... oder sowas...«, murmelt der Psychologe vor sich hin und schaut wieder zum Fenster hinaus.

»Es ist ja auch schön, schwanger zu sein, aber langsam wird es echt anstrengend. Ich furze so übel, dass ich damit ein Windrad betreiben könnte, und sobald ich zu heftig lache, werd' ich leicht inkontinent. Ganz zu schweigen von meinen Hämorrhoiden! Die sind so dick und haarig wie Affenhoden«, berichtet die werdende Mutter fröhlich.

Irritiert wie angewidert schauen sich die Herren der Schöpfung an.

»Oh Gott, meine Freundin ist grad in vierten Monat. Ich hoffe, sie lässt mich nicht so sehr an den Besonderheiten einer Schwangerschaft teilhaben wie du, Elli!«, stammelt Gordon von Ekel erfüllt.

»Stellt euch nicht so an, das ist ganz natürlich«, wehrt sich die mit Kind gefüllte Frau, ehe Lindström hinzufügt: »Ganz recht. Das sind die abartigen Wunder der ekligen Natur!«

Elisabeth schaut sie an und entgegnet leicht verstimmt: »Das hilft mir nicht weiter.«

Die Metallerin lacht laut auf und scherzt: »Wer sagt denn, dass ich helfen wollte?!«

Die Schwangere kommt nicht drum herum, darüber zu kichern, woraufhin sie einen längeren Monolog über die mehr oder weniger unappetitlichen Eigenarten ihres Zustands beginnt. »Ach, so fabelhaft es auch ist, schwanger zu sein, doch inzwischen nervt mich mein aufgedunsener Körper total. Ich kann keine heruntergefallenen Sachen mehr aufheben, weil mein Bauch im Weg ist. Ganz zu schweigen davon, dass ich mir die wegen Wassereinlagerungen angeschwollenen Beine nicht mehr rasieren kann. Die sind inzwischen so flauschig, dass ein Bär neben mir wie ein Nacktmull aussieht. Und kaum leg' ich mich hin und will schlafen, macht die Kleine voll Party! Mal abgesehen davon, dass ich mich wie eine fette, aufgeschwemmte Seekuh mit Zebrastreifen am Bauch fühle. Und als ob ich mich nicht schon elendig genug fühle, muss ich ständig pullern! Ich bin quasi nur auf der Toilette und…«

»Alsooooo, ich geh' mal nach den Patienten gucken. Herr Herrmann, Sie wollen mich doch bestimmt begleiten, oder?!«, versucht Gordon seinen Würgereiz zu unterdrücken.

»Unbedingt«, presst der Hipstologe heraus, denn auch er wirft bei den widerwärtigen Details sichtlich Falten im Nacken.

Kaum sind die zwei Männer aus dem Raum, fläzen sich die Damen genüsslich auf dem Sofa und befreien sich von ihren BHs.

»Freiheit für Tibet!«, lacht Freya, als sie die Unterwäsche unter ihrem *Black Sabber[13]*-T-Shirt hervorholt.

---

[13] *Black Sabber* – Die paranoideste Band der Welt

»Endlich!«, bestätigt Elisabeth, ehe sie einen lauten, nach Tod und Verderben stinkenden Furz aus sich rausdrückt.

»Alter, das ist ja 'ne biologische Kriegswaffe!«, stellt Lindström fest, während sie sich schnell die Nase zuhält.

11 Tage vor der

_L_PS_CA__P_E

Gordon sitzt gerade konzentriert an den Patientenakten und trägt die nötigen Informationen des Tages ein, als Dante an die offenstehende Tür des Schwesternzimmers klopft.

»Herr Horn, haben Sie einen Moment Zeit?«, erkundigt sich der Wissenschaftler freundlich und wie immer in guter Stimmung.

Der etwas pummelige Oberpfleger blickt kurz auf, lächelt und meint: »Geben Sie mir fünf Minuten. Ich bin fast fertig!« In weniger als den prophezeiten 300 Sekunden hat Gordon bereits seine Arbeit abgeschlossen und sitzt mit dem Psychologen an dem mickrigen Tisch, der dem Pflegepersonal zum Aufenthalt während ihrer Schicht bereitgestellt wird.

»Was kann ich für Sie tun, Herr Herrmann?« Gordon faltet seine Hände und smilet ihn an.

»Ihnen muss ich ja nicht erklären, dass Dr. Dr. von Perseum ein seltsamer Mensch ist…« Verstehend nickt der Oberpfleger, bevor der Hipster fortfährt. »Sie kennen ihn ja doch deutlich länger als ich. Was können Sie mir über ihn erzählen?«

Daraufhin grinst Gordon breit und zieht seine Augenbrauen verwegen mehrmals hoch. »Ich verstehe.«

Der Psychologe versteht es allerdings nicht, runzelt die Stirn und guckt grüblerisch drein.

»Na ich seh' doch, wie Sie Fry anschauen.«

Jetzt ist Dante noch verwirrter. »Fry?!«, murmelt er sichtlich konfus.

»Dr. Lindström«, klärt der Oberpfleger ihn auf, was ihm allerdings nur bedingt weiterhilft.

»Wie seh' ich sie denn an?!«, hakt der Hipstologe nach.

Gordon zieht grinsend die Schultern hoch und seufzt romantisch angetoucht: »*Verliiiiiiebt!*«

Verlegen, weil erwischt, verzieht der Gelockte seine Mundwinkel. »Also, was wissen Sie über von Perseum?«

»Sie meinen, außer dass er keine Konkurrenz für Sie ist?!«, quietscht der Oberpfleger vergnügt, während er seine Hände leicht anhebt und mit den Fingern wie wild hin und her wackelt. Inzwischen ist der Psychologe doch ein wenig von der Heititeiti-Attitüde Gordons genervt und rollt die Augen, als er mit gequälten Lächeln murrt: »Ja, bis auf das.«

»Na ja, als ich vor drei Jahren hier angefangen hab', dachte ich, er wäre so wie Dracula im Film *Bram Stoker's Dracula*: Creepy, etwas mysteriös und irgendwie böse. Aber inzwischen finde ich ihn eher wie Norman Bates in Hitchcocks *Psycho*: Vermeintlich harmlos, jedoch irgendwie komisch. Und wie ich kürzlich festgestellt habe, mit einer ungesunden Fixierung bezüglich seiner Mutter. Aber definitiv immer noch creeeeeeeeepy«, erläutert er blumig.

»Ungesunde Fixierung bezüglich seiner Mutter?!«, will der Psychologe interessiert wissen.

»Letztes Jahr hab' ich mal ein Foto seiner Mutter gesehen, wie Klein von Perseum auf ihrem Schoß sitzt und sich des Lebens freut.«

Skeptisch runzelt der Hipstologe abermals die Stirn, ehe er nachfragt: »Mal abgesehen davon, dass ich mich frage, wie Sie an das Foto kommen konnten… Was genau daran halten Sie für so ungesund?«

Gordon presst seinen Mund zusammen, als wäre er ein Breitmaulfrosch, bevor er antwortet »Sie sieht aus wie Fry.«

Folglich reißt Herrmann angewidert wie entsetzt die Augen auf und verzieht nun auch seinen Mund breitmaulfroschig. »Scheiß die Wand an; Freud hatte mal wieder recht!«

Mit erhobenem, auf den Psychologen gerichteten Zeigefinger erwidert Gordon: »Allerdings!«

Dante kneift die Augen zusammen und puhlt sich kurz mit der Hand darin rum, bis er die selbige dafür verwendet, seine prächtigen Locken nach hinten zu schieben. Dieser ungewohnte Akt der temporären Haarentfernung irritiert ihn selber einen Moment, da er sie sonst mit dem Gel rutschfest nach hinten fixiert hat, aber er wird von Gordon wieder aus diesen neuartigen Haargefühlen zurückgeholt.

»Übrigens, von Perseums Verehrung für den großen Freud ist meiner Meinung nach mehr als nur etwas strange.«

Verstehend nickt der Hipster, als er sich an die endlos scheinenden Elogen des Doktors über den Vater der modernen Psychologie erinnert, die fast so ausladend sind wie seine permanente Selbstlobpreisungen. »Hat er nicht auch ein eingerahmtes Foto von Freud in seinem Büro?!«, entsinnt sich der Hipstologe.

»Nicht nur das: Irgendwo hat er einen angeblich von Freud stammenden Zigarrenstummel in einem Vakuumverschluss stehen…« Gordon blickt sich etwas paranoid um und flüstert dann: »Ich habe ihn auch mal unter der Dusche erwischt…« Unangenehm berührt schüttelt sich der ganze Leib des Oberpflegers. »Dabei hab' ich gesehen, dass er auf seiner rechten Arschbacke Freuds Gesicht tätowiert hat!«

Entsetzt zuckt Dantes linkes Augenlid, doch der Schrecken ist noch nicht vorbei.

»Und das ist nicht mal das Grusligste daran!« Völlig entgeistert gestikuliert Gordon, während er fortfährt. »Auf seiner Linken war sein eigenes Gesicht!«

Das verstört den Hipstologen sichtlich, obwohl dieser schon einiges an Verrücktheiten gesehen hat; aber ein Chefarzt und Leiter einer Psychiatrie sollte zumindest ein bisschen weniger offensichtlich irre sein.

»Und für ihn ist Freud der Chuck Norris der Wissenschaft, den er äußerst ernst nimmt. Ich hab ihm mal 'ne Tasse mit einen Cartoon-Freud geschenkt, der in einer Sprechblase sagt: *When you say one thing, but mean your mother* — das Ding ist direkt an meinen Kopf geflogen und ich musste wegen einer Gehirnerschütterung ein paar Tage Zuhause bleiben«, berichtet der Oberpfleger traumatisiert, während er sich verschreckt hin und her wiegt.

»Mir scheint, dass von Perseum das öfters passiert«, stellt Herrmann fest, wobei er sich getriggert von seiner eigenen Erfahrung mit dem Doktor seine kleine Stirnbeule tätschelt.

»Na klar, bei diesem überheblichen Choleriker! Aber keiner sagt was. Sobald jemand auch nur irgendwas in dieser Richtung unternimmt, sieht man ihn nie wieder und es flattert unerwartet eine schriftliche fristlose Kündigung des Mitarbeiters auf seinen Schreibtisch. Und keiner von ihnen hat seine Sachen abgeholt. Wenn man kündigt, dann nimmt man doch seinen Kram mit! Aber der Job hier ist richtig gut bezahlt und einer der wenigen Möglichkeiten, in der Gegend zu bleiben«, erklärt sich der junge Mann.

»Ja, ja… Die Wege der Heimattreue sind unergründlich…«, raunt der Psychologe mit einem leichten Unverständnis darüber, freiwillig in dieser abgeranzten Redneck-Gegend bleiben zu wollen. Aber gut. Bei manchen Menschen ist Heimatliebe auch nur eine Form des Stockholmsyndroms.

9 TAGE VOR DER

_L_PS_CA__PSE

Es ist bereits Nachmittag, als Freya zum Büro des Dr. Dr. von Perseum trottet, welches von Cedric-Kevin wie ein Bluthund bewacht wird.

»Was wollen *Sie* denn hier?!«, fragt er angewidert und überheblich, während er sich theatralisch schüttelt.

Mit einem breiten Grinsen der Schadenfreude antwortet sie: »Der Doktor wünscht mich zu sprechen.«

Die entgeisterte Mimik des jungen Mannes bereitet der Metallerin eine wahre Freude, sodass ihr Grinsen noch breiter wird.

»Herr Dr. Dr. von Perseum hat mir aber nichts gesagt. Das kann nicht sein«, erbebt es aus dem Protegé ungläubig.

Fry verschränkt die Arme und erwidert seufzend: »Offensichtlich schon.«

»Nein, nein, nein. *Davon* hätte ich Kenntnis!«, beharrt er weiter auf seiner Annahme, ehe die Soziologin murrt: »Scheinbar nicht.«

»Nein. Nein… Nein! Ich weiß immer über die Termine des Doktors Bescheid«, bleibt Cedric-Kevin vehement bis penetrant bei seinem Standpunkt.

Langsam etwas genervt packt sich Lindström an die Stirn und nöhlt: »Reden Sie sich das noch weiter ein, Schmitti, vielleicht stimmt's ja irgendwann.«

»Nennen Sie mich nicht so! Sie wissen genau, dass ich Cedric-Kevin Schmidtenhuber-Krampholz heiße. Und Sie haben ganz gewiss keinen Termin beim Doktor. Das wüsste ich!«, zetert der Jüngling mit der paradox tiefen Stimme.

Mit fast schon chronisch entnervter Miene wiederholt sie beinah mantraartig: »Er hat mich um ein Gespräch gebeten. Finden Sie sich damit ab.«

»Niemals!«, plustert sich Cedric-Kevin mit zerknirschtem Gesicht auf und schiebt sich vor den Schreibtisch. »Niemals! *NIEMALS!* Herr Dr. Dr. von Perseum bittet niemanden um ein Gespräch! Und schon gar nicht so eine Person wie *Sie*!«, blubbert er entrüstet.

»Sie meinen, eine Person, die Ihnen gleich die Nase bricht, wenn Sie sie nicht endlich reinlassen?!«, droht die Wissenschaftlerin dem jungen Mann halbherzig, welcher sie verdutzt ansieht und nach passenden Worten für seine Empörung sucht.

Gerade, als er diese nun endlich gefunden hat und aussprechen will, erklingt die Stimme seines verehrten Mentors durch die Gegensprechanlage.

»Lassen Sie Dr. Lindström schon herein. Ich erwarte sie.«

Ein undefinierbarer Gesichtsausdruck breitet sich auf Cedric-Kevins Antlitz aus, der schweigend und fast der Ohnmacht nahe die Soziologin passieren lässt.

Kaum befindet sich die Metal-Braut im Büro und hat sich auf dem ihr dargebotenen Stuhl niedergelassen, beginnt von Perseum zu reden.

»Vielen Dank, meine Liebe, dass Sie Zeit für mich gefunden haben.« Stumm schaut Freya ihn an und wartet auf weitere Ausführungen. »Ich möchte mich bei Ihnen für mein schändliches Benehmen entschuldigen«, erklärt er den Grund für seine Einladung.

»Sie meinen, Ihren Wutausbruch vor wenigen Tagen?!«, hakt sie skeptisch nach.

Kopfschüttelnd fährt er fort: »Nein. Das haben Sie verdient. Aber nicht, dass ich Sie die letzten Tage mit Ignoranz und Nichtbeachtung bestraft habe.« Ermüdet von der Art des Doktors runzelt sie die Stirn, hört aber weiter zu. »Und das haben Sie nicht verdient. Ich will

Ihnen Ihren Fehler vergeben und einen Neuanfang wagen«, führt er unbeirrt von ihrer Reaktion aus.

Nun starrt Lindström ihn dezent verwirrt an und entgegnet trocken: »Ich habe keinen Fehler gemacht und brauche auch nicht Ihre Vergebung.«

Lachend winkt der Doktor ab. »Das ist die richtige Einstellung. Wir tun einfach so, als wäre es nie passiert.«

Bis gerade ist sie der Ansicht gewesen, nicht verdutzter sein zu können, aber die Gegenwart belehrt sie eines Besseren. Unglaublicherweise hält die Wissenschaftlerin kurz inne und sinniert darüber, ob sie das, was sie denkt, aussprechen soll, tut es dann natürlich dennoch:

»Wenn es das war, würde ich jetzt gerne gehen und mit Herrmann schlafen.« Kaum hat sie diese Worte ausgesprochen, steht sie mit einem Pokerface auf, um schließlich den Raum seelenruhig zu verlassen. Statt dem erwarteten cholerischen Anfall hört sie hinter sich nur ein überdrehtes »Hach, Ihr Humor ist einfach göttlich!«

Wenige Minuten später trifft sie Dante in ihrem derzeitigen Arbeitszimmer, welcher sich gerade sein innig geliebtes Müsli in den Mund schaufelt. Entgeistert wie verwirrt setzt sie sich auf ihren Platz und murmelt: »Irgendwas ist mit Doktor Klötengewächs nicht in Ordnung.«

Fragend sowie mampfend blickt der Psychologe sie an. »Dass mit dem was nicht stimmt, wissen wir doch längst.«

»Ja… aber er ist noch… seltsamer«, entgegnet Fry immer noch in einem konfusen Zustand.

»Noch seltsamer?!« Nun ist Dante doch etwas verwundert und wartet auf Lindströms Begründung.

»Zuerst entschuldigte er sich dafür, dass er mich in den letzten Tagen ignoriert hat, und dann wollte er mir für meine Schandtaten Absolution erteilen«, erläutert sie ungewöhnlich ruhig.

»Das ist nun bei dem wirklich nicht ungewöhnlich«, stellt der Lockenkopf fest.

»Stimmt, aber als ich vorm Verlassen des Zimmers meinte, dass ich keinen Fehler begangen habe und nun gehe, weil ich mit dir schlafen will, meinte er nur, wie witzig ich sei«, begründet sie ihre diffuse Gemütslage.

Der Hipster, gerade noch fleißig am Kauen seiner Ökonahrung, verschluckt sich fast daran. »Musste das sein?«

Freya zuckt mit den Achseln und erwidert: »Wieso nicht?! Es stimmt doch auch.«

Erneut verschluckt sich der Hipstologe beinahe am Essen, bevor sich die Soziologin zu ihm vorbeugt und neckisch grinsend fragt: »Wie sieht's aus? Wenn du aufgegessen hast, schieben wir 'ne Nummer im Medikamentenlager?«

Gerade hat Dante noch die Müslischüssel in der Hand, als er diese schnell auf den Schreibtisch stellt, Lindström vom Stuhl hebt, über seine Schulter wirft und mit ihr den Arbeitsraum verlässt.

Kaum in der kleinen Kammer angekommen, in der eine Unzahl von Hirn wegdröhnenden Medikamenten gelagert werden, begrapschen sich die beiden wie brünftige Teenies und stolpern mehr, als dass sie gehen, Richtung Ablage. Sie kommen dort allerdings nicht an, denn letztendlich plumpsen sie doch auf den Boden und setzen ihr hormongesteuertes Gefummel kurzerhand dort fort.

Gerade, als Freya seine Weste aufknüpft, hält sie plötzlich inne. Der Psychologe ist darüber doch etwas irritiert und fragt: »Was ist?«

Sie verzieht ihr Gesicht und meint leicht verstört: »Über uns!«

Dante schaut hoch und sieht einen sabbernden Fremden, welcher sie aus einem der Lüftungsschächte an der Decke mit umnachtetem Blick beobachtet. Noch bevor weitere Worte gesprochen werden, bricht der Lüftungsschacht aus seiner fragilen Halterung und fällt samt humanoidem Inhalt zu Boden. Mit mehr Glück als Verstand rollt sich das Forscherduo zur Seite und wird nicht von Trümmern mit Menschenfüllung erschlagen. Nun rappelt sich der Fremde mit wildem Gegröle auf und torkelt auf die noch am Untergrund sitzenden Wissenschaftlern zu.

Und wieder stellt sich Dante als durchaus weniger pazifistisch heraus, als er sonst immer darum zu sein bemüht ist, als er dem Fremden mit einem gekonnten Tritt in die Sabberschnute einen schmerzhaften Dämpfer verpasst. Das streckt die Person nieder, die sogleich vom Psychologen mit dem allseits bekannten Polizeigriff bäuchlings auf den Boden gedrückt wird. Kurz darauf kann Dante wieder seiner friedlichen Natur frönen, denn der Krach der runterstürzenden Teile des Lüftungs-schachtes bleibt nicht ungehört, und zwei kräftige Männer vom Pflegepersonal stürmen in die Kammer. Sie gehen dem Hipstologen mit Vergnügen zur Hand, aber als sie das Gesicht des ungebetenen Gasts erkennen, erbleichen ihre Antlitze und sie zerren ihn verdächtig schweigend fort.

Am Abend gesellt sich Fry zum wieder einmal Yoga praktizierenden Dante, um diesen von ihrem vorangegangenen Gespräch mit Gordon zu unterrichten. Während der Psychologe sich gekonnt in die Position der Kerze verrenkt, datet sie ihn up:

»Gott sei Dank macht Gordon nicht so ein Drama um diesen komischen Typen wie Doktor Testiculo.« Ehe sie weiter ausführt, schenkt sie etwas Met in die bereitgestellten Gläser. »Es handelt sich um Rudolf Nachtigall. Er war noch vor einen halben Jahr Oberpfleger und hat urplötzlich gekündigt.« Lindström nippt von ihrem Getränk, bevor sie fortfährt: »Er hat die Kündigung nur schriftlich eingereicht, ohne Angabe von Gründen und wurde seit Ende seiner letzten Schicht nicht mehr gesehen.«

Während der Hipstologe seinen Knackpoppes anspannt und damit die Konzentration seiner Kollegin schwer beeinträchtigt, meint er: »Er hat die gleichen Symptome wie van der Swaffeln… Und hast du gesehen, wie er versucht hat, einen seiner ehemaligen Mitarbeiter zu essen?!«

Die Soziologin nickt und erläutert: »Der Herr von den Klötenbäumchen ließ ihn erst mal fixieren. Laut Gordi hat Doktor Größenwahn die Polizei kontaktiert, die aber erst morgen früh eintreffen wollen, um das Geschehnis zu untersuchen.«

Geschmeidig geht der Hipstologe in den Vierten Tibeter über, als er murmelt: »Das ist äußerst merkwürdig. Bei einem solchen Vorfall sollten sie doch sofort kommen und den Fall untersuchen. Schließlich wurde er seit einem halben Jahr vermisst!«

»Gordi meint, dass Dr. Dr. von Avocadosack seinem Arschkriecher erzählt hat, dass die Polizei seiner

Kompetenz vertraut und es deswegen für vertretbar hält, erst morgen einzutreffen«, berichtet Freya grüblerisch.

»Herr Horn hat seine Ohren anscheinend überall«, stellt der Psychologe fest, während er erneut die Position wechselt.

»Würdest du das nicht auch, wenn dein Vorgänger auf einmal aus einem Lüftungsschacht plumpst und wie Hannibal Lecter versucht, die Leute anzuknabbern?!«, gibt Lindström zu bedenken.

»Du hast recht«, erkennt der Lockige und fügt beunruhigt hinzu: »Das ist alles nur so ominös.«

Freya nickt und murmelt: »Stimmt. Aber da ist noch etwas, das ich ebenfalls sehr abstrus finde.«

Dante setzt sich auf seine Yoga-Matte und beginnt mit der nächsten Verrenkung. »Und das wäre?!«

Sie nippt abermals von ihrem Met und grinst verwegen. »Dass du hier vor mir deine Übungen machst und wir unsere Mittagspause noch nicht nachgeholt haben.«

Abrupt bricht der Hipstologe den Fünften Tibeter ab, stimmt der Aussage nickend zu und meint: »Das sollten wir dringend ändern!«, bevor er sie zu sich runter auf die Matte zieht.

8 TAGE VOR DER

_L_PS_CA_YPSE

»Und?«, fragt Dante die Soziologin, als diese nach einer Unterhaltung mit dem heiteren Oberpfleger zurück in das Arbeitszimmer kehrt. Freya schließt mit runtergezogenen Mundwinkeln die Tür hinter sich, ehe sie frustriert murrt: »Er hat auch nicht mitbekommen, dass die Polizei da war.«

Verwundert runzelt der Psychologe die Stirn, während er versucht, seiner lockigen Haarpracht Herr zu werden, welche er sonst mit reichlich Gel bezwungen hätte.

»Niemand, den Gordi oder ich gefragt haben, hat es mitbekommen. Oder zumindest sagen sie das... außer Schmitti, der sich bei Nachfragen allerdings beschäftigt gibt... und Nachtigall ist auch in keiner der unbesetzten Zellen zu finden.« Während Fry erzählt, lehnt sie sich mit ihrem drallen Hintern an den Tisch, auf dem die Kaffeemaschine in Dauerbetrieb steht. Daraufhin befüllt sie sich eine Tasse, um nach dem ersten Schluck beseelt zu grinsen.

»Den findest du gut?! Der schmeckt doch... irgendwie... falsch«, wundert sich Dante.

»Hast du noch nie Fernfahrerkaffee getrunken?!«, fragt sie ungläubig nach, ehe sie sich erneut einen Schluck davon zu Gemüte führt. Das Kopfschütteln und der irritierte Blick des Hipstologen verdeutlicht seine Konfusion.

»Ganz einfach: Man brüht eine Kanne. Deren Erzeugnis nimmt man anschließend statt Wasser für die nächste Fuhre. Wahlweise kann man aber auch direkt Cola oder Energy Drinks statt H_2O verwenden, aber das schmeckt nun wirklich... pervers!«

Unwillig schüttelt Dante weiterhin den Kopf und gibt zu bedenken: »Das ist irgendwie nicht so prall.«

»Wie hast du denn dein Studium überstanden?«, will die Metallerin wissen.

»Mit Yoga«, lautet die simple Antwort.

»*Nur* mit Yoga?!«, hakt sie argwöhnisch nach.

Verwegen grinst der Psychologe »Ich hab' dir doch letzte Nacht bewiesen, wie nützlich das ist.«

In sexy Erinnerungen schwelgend nippt Fry von ihren Kaffee. »In der Tat... Deine Argumente waren aber auch sehr überzeugend.«

Gegen Mittag sitzt das Forscherduo mit Cedric-Kevin und dem Doktor zu Tisch, während Gordon und Elisabeth versuchen, Horst van der Swaffeln mit Medikamenten zu besänftigen. Derzeitig führt sich Dante wieder mal sein selbst mitgebrachtes Müsli in der obligatorischen Sojamilch zu Gemüte, indes die Soziologin in dem exotischen Essen herumstochert, das von Perseum ihr zur Verfügung stellt. Skeptisch seziert Freya zunächst die Mahlzeit, aber nach einem Blick auf Schmittis undefinierbaren, gräulich schimmernden Kantinenfraß verputzt sie inbrünstig die Gourmetspeise.

»Ich hoffe, Ihnen schmeckt das lampukische Mahl, denn heute Abend wird uns Herr Schmidtenhuber-Krampholz ebenfalls einige landestypische Speisen kredenzen«, erklärt von Perseum seiner Angebeteten.

Das verschlägt Dante doch glatt den Atem und nach dieser kurzen Apnoe fragt er entsetzt: »Du isst wieder mit dem Doktor?!«

Breit grinsend beugt sich besagter Doktor vor und raunt mit einem diabolischen Funkeln in den Augen: »Ach, hat Dr. Lindström Ihnen *nichts* von unserer Verabredung gesagt?! Tsk, tsk... So eine Schande, dass sie ihrem Liebhaber diese brisante Information vorenthält...« Mit einem Lächeln der Genugtuung steht von

Perseum auf und verlässt den Raum, dicht gefolgt von seinem unterbezahlten Lakaien Cedric-Kevin.

Kaum sind Dante und Fry alleine am Tisch, platzt es aus ihm heraus: »Du hast ein Date mit von Perseum?!«

»Ich würde es nicht Date nennen«, meint sie nüchtern.

»Ich dachte, du würdest über uns nachdenken und dich nicht mit dem Doktor vergnügen«, grummelt der Hipstologe beleidigt und will bereits den Tisch verlassen, als Fry ihn zurückhält.

»Bleib geschmeidig! Ich mach' das nun wirklich nicht aus Spaß an der Freude, aber das war Dr. Scrotumbaums Bedingung, damit wir morgen Zugang zu den Personalakten bekommen.«

Der Psychologe hält inne und setzt sich wieder.

»Ich bitte dich, Herrmann, Klötengewächs und ich?! Ha!« Lindström muss sich wirklich das Lachen verkneifen, greift dann aber in einem kurzen Moment der Ernsthaftigkeit nach seiner Hand und meint lächelnd: »Aber deine irrationale Angst, ich könnte Interesse an dieser überheblichen Arschkrampe haben, lässt mich glauben, dass *dein* Interesse an mir wirklich nichts mit Elli zu tun hat.«

Mit der freien Hand langt Dante an ihre Wange und zieht sie zu einem Kuss zu sich heran.

Zu später Stunde wartet der Johnny Depp der Psychologie ungeduldig darauf, dass seine Chefin und seiner Ansicht nach baldige Freundin endlich von dem Treffen mit von Perseum wiederkommt. Während er sich in den abstrusesten Gedanken bezüglich Frys Abendessen verliert, läuft er in seiner kleinen Stube nervös auf und ab. Plötzlich vernimmt er jenes Geräusch, wie ein Schlüssel in ein Schloss gesteckt wird und erkennt, dass die Soziologin gerade ihre temporäre Unterkunft aufschließt, anstatt sich wie vorher angekündigt sogleich zu ihm zu begeben. Daraufhin eilt er zur Tür, welche direkt an die ihrige grenzt, und sprintet Freya in ihr Zimmer hinterher.

»Wieso hat das so lange gedauert? Und wieso kommst du nicht sofort rüber?!«, platzt es ungehindert aus dem Hipstologen.

Mit angesäuertem Blick dreht sich die Metallerin um und gibt die Sicht auf ein mit Essen völlig eingesautes T-Shirt der grandiosen Band *UltraTod*[14].

»Oh… okay… sorry…«, murmelt der Psychologe kleinlaut und will sich davonstehlen, als sie ihm auf dem Weg ins Bad noch zuruft: »Ich erwarte dich gleich nackt in meinen Bett…«

---

[14] *UltraTod* – Gegründet von einem Kollektiv von Bestattern

7 Tage vor der

Kl_ps_ca_ypse

Am darauffolgenden Vormittag durchforstet das infernale Forscherduo gemeinsam die Personalakten der Klinik, welche schon seit gut 100 Jahren existiert, aber vor 30 Jahren wegen ominöser Ereignisse komplett abgerissen wurde, um wie ein psychiatrischer Phoenix aus seiner unheilvollen neurologischen Asche aufzuerstehen und sich durch eine kürzliche Grundsanierung zu diesem Hochsicherheitsgefängnis – pardon – dieser Hochsicherheitsklinik entfaltete. In der völligen medialen Abgeschiedenheit der Anstalt ohne irgendeine Verbindung zur Außenwelt – abgesehen von dem antik wirkenden Festnetzsystem – ist es nicht möglich, mehr über das Asylum und seine Mitarbeiter zu erfahren als über die noch analog geführten Personalakten, die in einem kleinen Kabuff mit flackerndem Licht in fast schon prähistorisch wirkenden Stehsammlern verstaut werden.

Ohne wirklich Platz für irgendwas zu haben, öffnet Freya unter Anwendung dezenter Gewalt eine der klemmenden Schubladen und nimmt die erste Akte heraus, die ihr in die Finger kommt: *Liebling, Friedrich.*

Um möglichst wenig Zeit in diesem winzigen Räumchen verbringen zu müssen, legt die Soziologin die Akte auf die geöffnete Schublade, sodass Dante sie abfotografieren kann. Diese Prozedur nimmt dann doch mehr Zeit in Anspruch als geplant, aber da ihnen untersagt ist, die Akten mit in ihr provisorisches Büro zu nehmen, bleibt ihnen kaum eine sinnvolle Alternative. Nach gut drei Stunden Abfotografieren sowie Kontrolle der Qualität jener Bilder der Akten sämtlicher Mitarbeiter der letzten zehn Jahre sind Dante und Fry endlich fertig.

Sie quetschen sich aus der schmalen Tür, welche der Psychologe gerade schließen will, als beide die aufgebrachte Stimme des Doktors vernehmen.

Kurzerhand wird sich also in den Raum zurück-gequetscht und mit einer leicht geöffneten Tür gelauscht.

»Wie konnte das nur passieren?! Das ist schon das zweite Mal! Sie waren dafür verantwortlich, dass nichts ausläuft, und jetzt?!«, keift von Perseum.

»Keine Sorge, ich habe das im Griff«, knurrt eine Stimme, die unzweifelhaft dem grantigen Hausmeister gehört.

»Das will ich für Sie hoffen! Ich habe Ihnen diese Chance gegeben und bis jetzt haben Sie mich nur enttäuscht!«, zetert der Doktor weiter.

Anhand der darauffolgenden Geräusche lässt sich erahnen, dass von Perseum mit knallender Tür den Korridor verlassen hat, auf dem die – nennen wir es mal – Unterhaltung stattfand.

Höchst irritiert verlassen Lindström und der Hipstologe nun die Kammer des psychiatrischen Schreckens, um schließlich möglichst unbedarft wirkend und locker flockig plaudernd den Flur entlang-zuschlendern. Dabei passieren sie den Hauswart, welcher sich an eine Wand gelehnt eine ungewöhnlich üppige Ausgabe des Busenheftchens *Konfekt* zu Gemüte führt.

»Servus, Master of the House!«, grüßt die Metallerin völlig unbekümmert wirkend den Facility Manager, welcher nur durch ein Brummen erkennbar macht, dass er diese Begrüßung überhaupt wahrgenommen hat.

Zurück im eigenen temporären Büro schließt Dante direkt sein Mobiltelefon, das natürlich ganz hipsterlike von einer Marke stammt, welche mit einem angeknabberten Obstlogo[15] wirbt, an den Top de Lap, um anschließend den Wust an Fotografien auszudrucken. Nach einer ausgiebigen Tackerorgie zwecks Ordnung der Unterlagen sind die Zwei endlich soweit, ebendiese auch zu sichten.

Kopfschüttelnd überfliegt der Psychologe die Akten, um zunächst die ehemaligen Mitarbeiter auszusortieren. Übrig bleiben nur zehn Unterlagen von viel zu wenigen Personen, die derweil in dieser Klinik tätig sind, sowie die Akte eines Patienten, die irgendwie dazwischen gerutscht zu sein scheint. Der besagte Patient, dessen klangvoller Name die Aufmerksamkeit der Wissenschaftler kurz-zeitig ablenkt, heißt Wilhelm Archibald Hubertus Nobertus Siegfried von Innsschmidt-Narrenheim-Nostradamus, Graf von Querenburg und wirkt irgendwie merkwürdig faszinierend auf den Lockenkopf.

Stirnrunzelnd murmelt Herrmann: »Seltsam. Das ist eine Patientenakte von einem Patienten, der vor dem Neubau der Klinik hier untergekommen war... wegen wahnhafter Störung mit ausgeprägtem Größenwahn sowie gewalttätigen und narzisstischen Tendenzen.«

---

[15] Möglicherweise hat besagtes Obstlogo einen tieferen Sinn. Vielleicht soll diese angebissene Frucht symbolisieren, dass die vermeintlichen Innovationen ebenso wie das Obst weniger frisch und neu sind als sie erscheinen, da die Konkurrenten bereits solche Technologie auf den Markt gebracht haben – nur ohne den medialen Hype. Es ist allerdings auch möglich, dass die Frucht einfach nur den gesunden Ökolebensstil der Hipster ansprechen soll. Zumindest würde das die erhöhte Konzentration solcher Produkte bei dieser Subkultur erklären.

Indes rückt Freya verwundert mit dem Stuhl näher ran, um einen Blick auf die Unterlagen werfen zu können. Grüblerisch spricht der Wissenschaftler schließlich den Gedanken aus, der auch beginnt, in Fry zu reifen:

»Wie konnte eine so alte Patientenakte den Abriss so unbeschadet überstehen?!«

Ratlos schüttelt sie ihren Kopf und murmelt: »Das wird immer kurioser...« Noch immer fasziniert wie irritiert schaut sich Freya die Akte an, die ihr Dante unlängst in die Hand gedrückt hat. »Damals war der Mann gerade Mitte 20...« Anschließend steht Lindström auf, um ihren Kaffeepegel aufrechtzuhalten.

»Hier finden sich keinerlei Aufzeichnung darüber, was danach mit ihm geschehen ist... Er müsste jetzt so alt sein wie der unheimliche Hausmeister«, erkennt der Hipstologe, während er die Papiere abermals durchblättert, bevor er plötzlich auf einen Satz tippt.

Die Metal-Braut setzt sich wieder neben ihren Kollegen und liest die angedeuteten Zeilen. Daraufhin runzelt sie ihre Stirn, blickt ihn an und murmelt: »Er hat sich für einen Hexer gehalten und ständig nach seinem *Necronomicon* verlangt?! Der hat wohl zu viel Lovecraft gelesen.«

Dante lacht und feixt: »Bis jetzt hab ich aber noch nichts zu einem *Großen Alten* gefunden.«

Nach einem Schmunzeln der Metalologin[16] meint diese etwas ernster: »Na ja, lass uns mal das aktuelle Personal ansehen, bevor wir uns den Ehemaligen widmen.«

»Aye aye, Captain!«, grinst der Wissenschaftler, woraufhin sie ihre Hand auf seinen Oberschenkel legt

---

[16] Als *Metalologen* bezeichnet man den seltenen Hybrid aus Soziologe und Metalmusikkonsument.

und mit schelmischem Unterton raunt: »Nachdem du dich heute Nacht so gründlich für deine unsinnige Eifersucht entschuldigt hast, darfst du auch mitreden.«

»Wenn das so ist, dann würd' ich gerne mit unserem *Lieblings*egomanen beginnen«, lacht der Lockige und kramt direkt nach den Unterlagen zum Doktor. Gemeinsam schauen sie sich die Aktivitäten des sagenumwobenen von Perseum an, welcher ebenso genial wie arrogant ist und schon als Kind ein von sich selbst überzeugter Klugscheißer war; zumindest lässt sich das Dante nach aus seiner Akte ableiten.

»Ach herrje, guck mal, Herrmann! Seine letzte Stelle hat er verloren, weil er was mit einer Patientin hatte!«, stellt Fry fest, woraufhin der Psychologe vor sich hin spricht: »Ob die auch so aussah wie du?!«

Irritiert schaut die Metallerin ihn an, bis er die vermeintlichen Worte wiederholt: »Der hat wohl nicht das Aufklärungsvideo gesehen.«

Es war Dantes erster Tag in einer Klinik, als er und Elisabeth vom Oberarzt in dessen Büro gebeten wurden. Wie alle frisch gebackenen Psychologen und – um die Feminazis zufriedenzustellen – Psychologinnen mit therapeutischem Erweiterungspaket mussten sie sich diverse Aufklärungsvideos zum Umgang mit Patienten zu Gemüte führen. Da für einige Menschen Patienten eine unwiderstehlich erotische Ausstrahlung ausüben[17] wurde von der Deutschen Gesellschaft für Psychologie ein Video in Auftrag gegeben, in dem der Musiker MC Hammer in einem Kittel sowie seinen farbenprächtigen Ballonseidenhosen gewandet durch eine Psychiatrie tanzt, auf Patienten zeigt und dabei ‚Can't touch this' singt.

---

[17] Der Fachmensch spricht vom *Erotikus Irrus*, wenn einen Psychologen oder Psychiater der Gedanken an Personen mit geistigen Erkrankungen sexuell erregt.

Aufgrund der drastischen Unterbesetzung der Anstalt ist die derzeitige Belegschaft ziemlich schnell gesichtet. Weniger rasch ist jedoch die Unmenge an ehemaligen Mitarbeitern zu durchforsten, bei denen eine erhebliche Anzahl in den letzten Monaten spontan sowie nur schriftlich gekündigt hat und die auch nicht bemüht waren, ihre Hinterlassenschaften abzuholen.

Grüblerisch lehnt sich Lindström zurück und sinniert: »Ich kenne mich zwar nicht mit Klapsen aus, aber mir scheint die hohe Fluktuation der Belegschaft doch bedenklich.«

»Ich kenne mich zwangläufig damit aus und kann dir bestätigen, dass es das ist«, meint Dante, während er aufsteht, um sich ein Wasser zu holen. Bevor er die Flasche öffnet, schüttelt er sie kräftig durch, um dann gaaaaaaanz langsam den Verschluss aufzudrehen. Der Hipstologe bemerkt den verwirrten Blick Freyas und erklärt sich.

»Ich mag halt keine Kohlensäure.«

Unverständlich schüttelt sie den Kopf, greift nach ihrem Kaffee und äußert angewidert: »Dann ist es ja voll das Omma-Wasser! Du schüttelst bestimmt auch Champagner, weil er dir zu prickelig ist…«

Am Abend steht der hippe Hipster unter der Dusche und wäscht sich seinen durchtrainierten Leib. Gerade als er sein prächtiges Brusthaar einshampooniert – Austin Powers würde vor Neid erblassen – bemerkt er einen Schatten hinterm Duschvorhang, der scheinbar ein Messer hochhebt. In dezenter Angst ein Mordopfer werden zu können, reißt er den plastikartigen Spritzschutz zur Seite und findet statt einem Psychokiller die lachende Metalologin mit Banane in der Hand vor, die sie zweifelsohne dafür verwendet hat, um eine Waffe zu simulieren.

»Sorry, aber ich hatte gerade mit Gordi über Hitchcock gesprochen und konnt' es mir einfach nicht verkneifen«, kringelt sie sich amüsiert.

»Wie bist du überhaupt reingekommen? Ich hab doch abgeschlossen«, wundert sich der seifige Psychologe.

»Marlene hat mich reingelassen«, grinst sie und wedelt fröhlich mit dem Taschenmesser.

»Wolltest du mit Herrn Horn nicht über diese ominösen Sachen sprechen?!«, meint Dante wenig erfreut über die Unterbrechung seines Waschvorgangs und zieht den Duschvorhang wieder zu.

»Das haben wir auch«, antwortet sie verdächtig knapp.

»Willst du mir nicht erzählen, was dabei rumgekommen ist?«, erfragt er in seine Reinigung vertieft.

»Später«, erwidert sie, zieht den Spritzschutz wieder auf und gesellt sich inzwischen ebenfalls zur Gänze entblößt zu Dante unter die warme Brause.

Während Freya ein wenig später darüber berichtet, dass Gordons Informationen auch nicht wirklich erleuchtender sind, liegen die beiden aneinander gekauert wie zwei Shrimps im schmalen Bettchen seiner Stube.

Nachdenklich kuschelt sich der Hipstologe an Lindström und murmelt: »Ist dir eigentlich aufgefallen, dass es keine Akte über den Hausmeister gibt?«

Mit dem glorreichen Ausdruck der Epiphanie dreht sich Freya zu ihm. »Stimmt! Von sämtlichen Angestellten, selbst vom Nicht-Pflegepersonal wie dem Wachmann und der Bodenkosmetikerin gibt es eine!«

»Es ist auch irgendwie seltsam, dass von Perseum mit dem Hausmeister gesprochen hat. Er weigert sich doch sonst auch, *über* geschweige denn *mit* ihm, zu sprechen.«

»Was könnte das zu bedeuten haben?!«, raunt Fry, die sich inzwischen an seine pelzige Brust schmiegt, während er sie in den Armen hält.

»Wir müssen wohl Sherlock Holmes spielen«, schlägt Dante vor.

»Mkay, aber wer von uns ist Sherlock und wer Watson?«, erkundigt sich die inzwischen etwas schläfrige Soziologin.

»Gute Frage. Du hast den Doktortitel wie Watson, aber bist so exzentrisch wie Holmes…«, scherzt er, bevor er feststellt, dass die Metallerin bereits in Hypnos' Reich eingetreten ist.

6 Tage vor der Kl_psoca_ypse

Während die Wissenschaftler[18] gerade ihrer fancy science nachgehen, stöpselt sich Freya plötzlich ihre Kopfhörer aus, mit denen sie während der Arbeit so laut Metal hört, dass sie damit gefühlt die ganze Klinik beschallt, und dreht sich zum Psychologen.

»Dieser Housemaster geht mir nicht mehr aus dem Kopf.«

Daraufhin witzelt Dante: »Oh nein, du willst mich doch nicht wegen ihm verschmähen?!«

Sie grinst und entgegnet: »'türlich, ich will dich nur vorwarnen.«

Der Hipster steht auf und reckt sich die Verspannungen des dauernden Sitzens aus dem athletischen Leib, während sie ihm erklärt: »Scruffy hat was sehr Ominöses an sich.«

»Scruffy?!«

»Der Hausmeister.«

Verstehend nickt Herrmann, bevor er weiter seiner Interarbeitsgymnastik nachgeht. »Du meinst, er ist seltsamer als die meisten Hausmeister?!«

»Ganz genau«, zwinkert Lindström amüsiert, ehe sie weiter ihre Gedanken offenbart. »Irgendwas an seinem Habitus stimmt nicht. Er arbeitet seit Jahren als Master of the House, wirkt aber irgendwie völlig deplatziert.«

»Wie meinst du das?« Inzwischen sitzt Dante wieder auf seinem Stuhl, das heißt, er sitzt weniger, als dass er halb darauf liegt.

»Na ja, die hausmeisterlichen Sachen, die er tut… Er tut sie nicht so wie jemand, der diesen Beruf ausübt…

---

[18] Soziologen bezeichnen sämtliche wissenschaftliche Mitarbeiter ohne Professur als *Sciencebitches,* da diese viel Arbeit für wenig Geld bieten und sie quasi die akademischen Lehnsnehmer des Professors sind, der die Funktion eines Wissenschaftspimps einnimmt.

Er macht sie irgendwie... Wie soll ich sagen?! Er tut sie nicht hausmeisterig!«, führt die Soziologin aus.

»Du klingst irgendwie paranoid. Meinst du nicht, dass du in letzter Zeit zu viele Verschwörungstheorien von Herrn Horn gehört hast?!«, wirft er lächelnd ein, woraufhin Freya ihn mit zusammengekniffenen Augen anblickt, sodass er sich zu weiteren Ausführungen genötigt fühlt. »Ich meine, wenn man sich gut mit einem Menschen versteht, mit dem man ständig Zeit verbringt, dann beeinflusst das auch das eigene Denken.«

»Hatten wir nicht ausgemacht, in privaten Gesprächen auf fachspezifisches Gelaber zu verzichten?! Mal abgesehen davon, dass diese Erkenntnis nicht allein die Psychologie in Anspruch nehmen kann, so hast du gerade total den Sigmund raushängen lassen!«

»Ach ja?! Und dein Habitus-Gerede war keine bourdieuische Eingebung?!«, kontert der Hipster mit rollenden Augen.

Geschlagen verzieht Fry ihre Schnute und murmelt: »Du hast ja recht...«

Nun grinst er freudig, bevor er schließlich zustimmt. »Aber ich finde den Hausmeister auch seltsam.«

Nun lächelt die Metal-Braut verwegen, während sie ihre rechte Augenbraue hochhebt und fragt: »Also spielen wir gleich 'ne Runde Sherlock Holmes?!«

»Ja, wir spielen gleich 'ne Runde Sherlock Holmes«, nickt der psychologische Hipster zustimmend wie enthusiastisch.

Ein wenig später schleichen Lindström und Dante so leise es ihnen möglich ist durch die unerwartet großen Kellergewölbe der Klinik. Sie befinden sich auf der Suche nach des Hausmeisters Unterkunft, welcher im Gegensatz zu sämtlichen anderen Mitarbeitern nicht im dafür vorgesehenen Gebäude wohnt.

Während sie fast lautlos durch die verzweigten Korridore des Kellers schlürfen, vernehmen sie verstärkt jene mystischen Geräusche, welche sie bereits vom ehemaligen Oberpfleger Rudolf Nachtigall und dem vermeintlich genesenden Horst van der Swaffeln kennen, sodass sich in den beiden weitere Skepsis und Neugier ausbreitet. Da diese seltsamen Töne jedoch in einer Art undefiniertem Kanon in den Fluren verhallen, können sie eindeutig nicht nur von Horst van der Swaffeln stammen.

Nach gefühlten Äonen von Jahren gelangen die zwei Wissenschaftler endlich an die Tür der hausmeisterlichen Gemächer. Während Freya mithilfe Marlenes das Schloss knackt, sieht sich der Hipstologe mit Argusaugen um und raunt: »Also die Wegbeschreibung von Herrn Horn war jetzt nicht sehr hilfreich…«

»Meinst? Vielleicht hätten wir ja sonst noch länger gesucht«, gibt die Soziologin zu bedenken, kurz bevor ein dezentes Knacken signalisiert, dass die Tür jetzt geöffnet ist.

»Ich hoffe nur, dass sein Ablenkungsmanöver besser ist und der Hausmeister hier nicht gleich auftaucht«, flüstert Herrmann beim Eintreten.

»Er hat absichtlich etwas gegessen, worauf er höchst allergisch reagiert und zu einem fontänenartigen Springbrunnen der Körperflüssigkeiten wird«, beruhigt sie ihn, nachdem sie die Tür hinter sich geschlossen haben.

»Das nenn' ich Einsatzbereitschaft! Aber wie hast du ihn dazu bekommen, das zu tun, ohne ihn von unserem

Verdacht zu berichten?«, erkundigt sich der Psychologe interessiert.

»Indem ich an ihm Fellatio verübt hab'«, entgegnet Fry, woraufhin er sie nur entsetzt anstarrt. Nun kann sie ihr Lachen nicht mehr halten und gackert: »Alter, dein Gesichtsausdruck war für die Götter! – Nein, ich habe ihm keinen geblasen, ich habe ihm nur einen runtergeholt!«

Dantes Mimik versteinert sich zunehmend, sodass die Soziologin nicht ernst bleiben kann. »Ach Herrmann, das glaubst du doch nicht wirklich?! Ich hab' natürlich nichts dergleichen getan. Ich hab ihm nur gesagt, dass wir hier eine heiße Nummer schieben wollen und dafür 'ne Stunde brauchen.«

Der Hipstologe verzieht sein Gesicht und murrt: »Das ist allerdings nur geringfügig besser.«

Lindström stupst ihn lächelnd an. »Schmoll doch nicht so wegen dem Scherz!«

Noch etwas in seinem Stolz gekränkt, schaut er die Soziologin an, ehe sie ihm einen Kuss auf die dreitagebartige Wange drückt. »Sorry, mir war nicht klar, dass dich meine Scherze verletzen.«

Schweigend stiert Dante sie an, bis auch er sein Lachen nicht mehr unterdrücken kann, und entgegnet grinsend: »Jetzt bist du mir aber auf den Leim gegangen.«

»Touché, Herrmann!«, meint Freya, bevor sie ihm auf die breite Schulter klopft und ihn liebevoll in den Knackarsch kneift.

»Aber ernsthaft, wieso macht Herr Horn gleich so eine hochdramatische Szene, um den Hausmeister abzulenken? Das geht doch auch sicher ohne Montezumas Rache und Würfelhusten.«

»Er meinte nur, dass er für *die Liebe* alles tun würde.« Bei diesem Romantikgesülze verzieht die Metal-Braut abschätzig ihren Mund.

»Sieh es ein! Du bist die Einzige, die sich gegen das Unumstößliche wehrt: Unsere Beziehung«, grinst Dante, worauf er einen skeptischen Blick seitens Fry erntet.

»Setzt du hier wieder deine psychologischen Hexenkräfte ein?!«, zischt sie angesäuert, weil sie genau weiß, dass er Recht hat.

»Na klar, wir Psychologen lesen in den Seelen der Menschen wie in muttersprachegeschriebenen Kinderbüchern, die offen und völlig entblößt vor uns liegen«, kontert Dante mit sarkastischem Unterton.

»Ich hab's doch immer gewusst!«, witzelt die Soziologin verunsichert, da sie der Gedanke an eine Beziehung mit dem Hipster ebenso ängstigt wie erfreut. Um sich nicht weiter den eigenen Denkinhalten diesbezüglich stellen zu müssen, beginnt Lindström die schmockige Bude des Facility Managers zu untersuchen, wobei der Hipstologe ihr freudig zur Hand geht.

Der gute Mann lebt in einem Apartment, was eigentlich mehr einem abgegammelten Rattenkäfig gleicht: Klein und muffig sowie mit einem wenig dezenten Ranzgeruch. Wenn tatsächlich ein Tier darin wohnen würde, wären schon längst Tierschützer eingeschritten. Und sofern das Geschöpf niedlich genug wäre, hätte sich bereits ein Promi zu dessen Schutz nackig gemacht. Die spartanische Einrichtung ist gänzlich ohne jeglichen Zierrat, der die Wohnung – pardon – den Rattenkäfig in irgendeiner Form wohnlicher gestalten würde. Ein schlichter Holzschreibtisch mit einer hochwertigen Leselampe ist das Einzige im Wohnbereich, das man als Luxus bezeichnen könnte. Auf besagtem

Mobiliar liegt jenes ungewöhnlich enorm üppige Tittenheftchen, welches jüngst in den Händen des Hauswarts von den Wissenschaftlern erblickt wurde und sogleich das Interesse der Soziologin weckt.

Sie stellt sich an den Schreibtisch und öffnet es mit den Worten:»Mal sehen, auf was Scruffy so steht.« Dabei kichert sie fast wie ein pubertierendes Mädchen, das gerade das Wort *Penis* gehört hat, während sich Dante im Badezimmer des Janitors umsieht.

»Und, auf was steht er so? Auf nackte Frauen mit Wischmopp in der Hand?«, scherzt der Psychologe, als er von seiner kurzweiligen Inspektion der Sanitäranlage wiederkehrt.

»Auf das *Necronomicon*«, murmelt Fry ungläubig, als sie ein dickes, klöteskes[19] Buch aus dem Männermagazin hebt. Dieser Schmöker, dessen Einband offensichtlich aus menschlicher Haut gefertigt ist – von welchen Körperteilen auch immer –, ist zusätzlich mit einem bleiernen Pentagramm versehen, welches natürlich mit der Spitze nach unten gedreht ist. Auf der ersten Seite steht unübersehbar und wenig dezent das Wort *Necronomicon*, jedoch in einer derart schnörkligen Schrift geschrieben, dass es sich ebenso um das Logo einer voll krassen Hardcore-Musikgruppe handeln könnte.

---

[19] Klötesk
Wortart: Adjektiv
Gebrauch: Nur hier
Häufigkeit:1 Mal
Rechtschreibung: klö | tesk
Bedeutungsübersicht: Haarig und faltig, Prallgefüllt und baumelnd
Herkunft: Herktisch

Dante runzelt verwirrt die Stirn, während er ungläubig fragt: »Da liest du *Necronomicon*?!«

»Wer so viele Metalbands kennt wie ich, der kann sowas lesen«, begründet Lindström wie selbstverständlich, doch Dantes verwunderter Blick nötigt sie, dies näher zu erläutern. »Ganz einfach: Je weniger lesbar der Bandname ist, desto härter ist die Musik. Und du weißt, wie hart ich meine Musik mag!«

Der Hipstologe bleibt dezent konfus, ehe er meint: »Dann kannst du auch bestimmt das Inhaltsverzeichnis lesen.«

»Vermutlich«, zwinkert sie und schlägt die entsprechende Seite auf. »Hm, Totenbeschwörung, Zombiekram, Flüche, Dämonenbeschwörung, magische Rituale... Das Übliche halt«, stellt sie nüchtern fest.

Dennoch von Neugier gepackt durchblättern sie gemeinsam das Werk, schauen sich die skurrilen Kupferstiche darin an und packen das Buch schließlich wieder in seine obszöne Tarnung.

»Na ja, das ist zwar irgendwie creepy, aber nicht bedenklich... oder?« Freya guckt den Psychologen fragend an.

»Das ist zugegeben etwas exzentrisch, aber du hast Recht, nicht bedenklich«, stimmt er zu.

Doch plötzlich hören sie das Geräusch eines Schlüssels im Schloss sowie laute Stimmen vor der Tür, denn der Hausmeister, in unerfreulicher Begleitung des Doktors, ist dabei, seine Unterkunft zu betreten.

Schnell eilen die Zwei in Richtung Bett und sliden gerade rechtzeitig darunter, um sich zu verstecken.

»Womit belästigen Sie mich jetzt schon wieder?«, meckert von Perseum, als er mit dem Hauswart die Wohnungstür hinter sich schließt.

»Sie sollten nicht so frech zu mir sein. Ohne mich hätten Sie van der Swaffeln nicht entlassen können«, verteidigt sich der Meister des Hauses.

»Ha! Sie glauben doch nicht wirklich, dass Ihr Mumpitz dazu beigetragen hat? Das ist allein *meinem* Genius zuzuschreiben«, stellt von Perseum bestimmt klar.

»Wie Sie meinen…«, grummelt der Hausmeister mit kafkaeskem Unterton.

»Mal abgesehen davon, dass er hier wieder aufgetaucht ist…«, murrt von Perseum zornig. »Also, was wollen Sie?!«, führt der Doktor mit hörbarer Ungeduld fort.

»Ich wollte Ihnen nur im Vertrauen sagen, dass das Leck geschlossen ist«, entgegnet der Facility Manager.

»Und dafür locken Sie mich in Ihre schäbige Unterkunft?!«, ätzt sein Vorgesetzter.

»Ich habe das Gefühl, die Wände haben Ohren…«, erklärt sich der Janitor mit mystisch-paranoider Stimmlage.

»Es merkt keiner was, solange Sie nicht wieder zulassen, dass es leckt!«, grantelt von Perseum, ehe er auf seinem hohen Absatz kehrtmacht und den Mann allein zurücklässt.

Dieser stiefelt daraufhin zu seinem Schreibtisch, runzelt die Stirn und brummt vor sich hin »Hm…«

Mit einer untrüglichen Vorahnung sieht er sich um, durchschreitet sein Zimmer und begibt sich geradewegs zum Bett. Dante und Freya befinden sich immer noch darunter, wohlwissend, dass Scruffy im Inbegriff ist, unter seine Schlafgelegenheit zu gucken. Just in dem Moment, als er sich vorbeugt, um seiner Ahnung nachzugehen, klingelt sein Pieper. Nach einem kurzen Blick und einem genervten »Verdammt« verlässt er schlagartig seine – nennen wir es mal – Wohnung. Nach einiger Zeit kriechen die beiden unterm Bett hervor und begeben sich schnellstmöglich außerhalb des verdächtigen Bereichs.

»Das ist alles echt seltsam…«, stellt Dante fest, welcher wie jeden Abend seine Yoga-Übungen macht. Als er gerade in das Gestreckte Dreieck geht, antwortet die Metalologin etwas unkonzentriert: »In der Tat… Was machen wir?«

Nun beginnt er mit dem Sonnengruß und meint: »Ich hab' keine Ahnung.«

»Eigentlich haben wir ja nur komische Daten. Eine schlampige Führung der Akten ist zwar ärgerlich, aber nicht suspekt«, grübelt Fry ratlos.

»Na ja, aber tollwütige Menschen schon«, entgegnet Herrmann und sinkt in den Lotussitz.

»Wir wissen ja nicht, ob das so ist.«

»Kommt dir das Ganze nicht mehr ominös vor?!«, fragt der Hipster nach und rappelt sich auf, um seine stylishe Yoga-Matte mit psychodelischem Muster zusammenzurollen.

»Doch, aber sachlich betrachtet besteht kein Grund, weiter darauf einzugehen.«

»Aber du hast noch ein argwöhnisches Gefühl dazu?«, erkundigt er sich. Mit zusammengekniffenen Augen mustert Freya ihn. »Lässt du wieder den Psychologen raushängen?!«

Er grinst bei der Antwort. »So wie du die Soziologin raushängen lässt, indem du alles hinterfragst und dich betont auf Sachlichkeit beziehst.«

Lindström neigt ihren Kopf, ehe sie murrt: »Na klar, weil das Psychologen nicht tun, oder was?!«

Er schenkt ihr und sich ein Glas Wasser ein, während er entgegnet: »Doch, aber ich weiß auch genau, dass man seine Gefühle nicht so abtun sollte, nur weil die Sachverhalte sie *noch* nicht untermauern.«

Die Metallerin nippt von ihrem Getränk. »Wenn du das sagst, Sigmund.« Sie stellt das Glas auf den Tisch, rafft sich auf und reckt sich. »Ich werd' zu Bett gehen«, sagt sie gähnend und dreht sich Richtung Tür.

»Du willst heute drüben schlafen?!«, fragt der Hipstologe ganz entsetzt.

»Nein, ich wollte nur die Tür abschließen. Aber ich kann natürlich auch in mein Bett gehen«, entgegnet sie grinsend.

»Von wegen!«, lacht der Gelockte und packt sie, bevor er sie über seine Schulter wirft und zur Schlafgelegenheit trägt.

3 Tage vor der

Klapsoca_ypse

»Ich sag's ja nur ungern, ach Quatsch, ich sag's mit Freude und Inbrunst, denn ich hab' keinen Bock mehr, aber unsere ganzen Recherchen und Spionageaktionen der letzten Tage haben keine neuen Erkenntnisse gebracht. Ich bin dafür, dass wir unsere Skepsis erst mal beiseiteschieben und mal wieder *nur* das tun, weswegen wir hier sind«, meint Freya, bevor sie einen ordentlichen Schluck Kaffee konsumiert.

Dante hat sich gerade erst an seinen Arbeitsplatz gesetzt und erwidert: »Ich weiß nicht, aber mir gefällt das Ermitteln deutlich besser als das Erstellen der Patienten- und Personalstatistiken.«

»Du könntest ja die Transkription der letzten Interviews vorschieben, während ich mich der Analyse des bereits aufgearbeiteten Materials widme?«, merkt die Soziologin mit diabolischem Grinsen an.

»Ich darf also zwischen Pest und Cholera wählen?!«, erkundigt er sich empört.

»Nein, du *musst* ja eh beide Arbeiten machen«, lacht Fry dreckig und stellt ihre inzwischen geleerte Tasse ab, um sich Nachschub zu nehmen.

»Kann ich dich denn wenigstens davon überzeugen, dass wir weiter nachforschen, sofern wieder etwas Seltsames geschieht?!«, versucht der Hipstologe das Thema wiederzubeleben.

Lindström verzieht nachdenklich den Mund und nickt schließlich mit dem Kommentar: »Dafür darfst du mich die nächsten sieben Tage nicht fragen, ob ich es mir schon überlegt habe!«

»Ach komm schon, ich hab' dich seit Tagen nicht mehr gefragt und deine Zurückhaltung akzeptiert!«, verteidigt sich der Hipster.

Sie grinst, setzt sich auf seinen Schoss und drückt ihm einen Kuss auf die Wange. »Und das war soooooo schön!«

Der Psychologe schließt sie in seine Arme und küsst sie auf den Mund.

»Außerdem muss ich sichergehen, dass du wirklich nicht so ein Ökosnob bist!«, lacht sie anschließend. Auch er kann sich ein Grinsen nicht verkneifen und kommentiert ihre Aussage damit: »Keine Sorge, ich werd' die Welt nicht mit einer Snobwolke verpesten.«

Freya seufzt lächelnd. »Verdammt, wieso musst du dich auf South Park beziehen?!«

Daraufhin entgegnet er mit einem leichten Hauch der Genugtuung: »Deiner Reaktion nach zu urteilen, findest du langsam mehr und mehr Gefallen an dem Gedanken, dass ich bald dein Freund sein werde.«

Nun springt die Metalologin entsetzt, weil erwischt, auf und schwingt tadelnd den Finger. »Hör auf mit deinen Psychologenhexenkräften und bleib aus meinen Gedanken raus.«

Eigentlich will Dante sich noch verteidigen, aber erneut erklingen jene mystischen Geräusche, die an die plötzlich aufgetauchten Sabberschleudern erinnern, die der Hipstologe der Tollwut verdächtigt. Zunächst ist nicht klar, woher die elendigen Laute kommen, doch als ein *Flätsch* am Fenster zu hören ist und sich die Zwei dahin umdrehen, ist die Quelle der leicht wahnsinnigen Töne entdeckt.

Ans Glas der Scheibe presst sich ein irgendwie irre aussehender Mensch, welcher versucht, das Duo durch das Fenster zu verspeisen. Der Wissenschaftler rollt gelassen mit seinem Stuhl zur Tür, macht diese auf und ruft nach dem nächstgelegenen Wachmann. Bis dieser eintrifft, beobachten sie die fast schon Mitleid erregenden

Bestrebungen der Person, sie durch das Glas zu vertilgen, als Fry lakonisch meint: »Ich wette zehn Euro, dass das ein ehemaliger Patient ist.«

»Bin dabei. Ich setze zehn darauf, dass es ein ehemaliger Pfleger ist«, steigt der Lockenmensch mit in die Wette ein.

Gemeinsam mit Gordon und Elisabeth sitzen der Psychologe und seine Chefin am Abend an einem Tisch und spielen das beliebte Familienspiel *yksi*, bei dem der Spieler, der die letzte Karte ablegt, das finnische Wort für eins sagen muss.

Dass Dante bei dieser Runde keinerlei Anzeichen aufweist, dass er vor Schmerz über die Vergangenheit vergeht oder grollt, irritiert seine ehemalige Partnerin derart, dass sie sich vorzeitig zu einer Kontrollrunde bei den Patienten aufmacht.

In Gedanken diagnostiziert Dante ihre Reaktion folgerichtig, dass ihr Ego wohl einen Knacks bei der Erkenntnis erlitten hat, dass er ihr all die Jahre nicht wie ein verliebter Trottel hinterher geschmachtet hat und dass das Einzige, was er noch an Gefühlen für sie hat, eher Abneigung und Verachtung zuzuordnen ist als Liebe oder anderem, romantischen Kitschscheiß.

Kaum sind sie nur noch zu dritt, sprudelt es aus Freya heraus. »Und, Gordi, war das Sabbermaul von heute Morgen ein früherer Patient oder Mitarbeiter?«

Erwartungsvoll wird der Oberpfleger von dem Forscherduo angestarrt, lässt sich aber mit der Antwort Zeit und legt erst ein Blatt ab. »Letzte Karte!«

Während also der Hipster am Zug ist und ebenfalls die Anzahl seines Decks dezimiert, tut Gordon endlich die ersehnte Antwort kund.

»Es ist ein früherer Mitarbeiter.«

»Nein!«, flucht Freya à la Homer Simpson, kramt in der Tasche ihrer Lederhose nach einem wie Lachs aussehenden Zehn-Euro-Schein und drückt ihn dem Hipstologen in die Hand, bevor sie eine Spielkarte auf den Tisch klatscht, die Gordon daran hindert, seine letzte Karte auszuspielen und zu gewinnen.

Während der Oberpfleger noch ungläubig auf die +4-Karte glotzt, tauschen Dante und Lindström dezent eine Bro-Fist aus.

Tag der

Klapsocalypse

Es ist bereits spät am Abend, doch Dante sitzt mit Freya noch immer in ihrem provisorischen Büro und wertet mit ihr die Interviews aus. Die Soziologin puhlt sich mit Daumen und Mittelfinger in ihren Augen, während sie stöhnt: »Sorry, Herrmann, aber ich bin für heute durch!«

»Das geht mir ähnlich. Ich glaub', ich muss zur Entspannung erst mal 'ne Statistik auswerten«, stimmt er ermüdet zu.

Stirnrunzelnd schüttelt sie den Kopf: »Tut mir leid, ich bin irritiert. Die Worte *Entspannung* und *Statistik* kann ich nur mit negativen Konjunktionen in Einklang bringen.« Anschließend lacht Fry, steht auf und befüllt sich ihre Tasse mit Kaffee. »Ihr Psychologen und euer Statistikfetisch[20]!«, grinst sie spöttisch.

Der Hipster jedoch bemüht sich, ein zustimmendes Lachen zu unterdrücken, jedoch als Lindström hinzufügt: »Aber das passt ja gut, schließlich ist Dante ein Anagramm für Daten…«, kann er sich sein Grinsen nicht mehr verkneifen. Doch ehe seine Erheiterung zur Gänze aus ihm herausbrodeln kann, murmelt die Metallerin: »Es ist schon dunkel. Vielleicht hören wir für heute ganz auf?!«

»Ich bin dir weit voraus«, grinst der Wissenschaftler, während er bereits den Laptop runterfährt.

Plötzlich vernehmen sie einen schrillen, mark-durchdringenden Schrei, der sie dazu veranlasst, diesem nachgehen zu wollen. Geschwind, geschwind wie das himmlische Kind, eilen sie den panischen Hilferufen nach, entlang des Korridors, dessen flackernde Lichter die Dramatik der Situation unterstreichen. Die Schreie führen sie zu jenem Trakt, in welchem die Patienten

---

[20] Aufgrund ihres innigen Verhältnis zur Statistik begehren Oldenburger Psychologen das Kennzeichen OL-S als Hommage an die ordinary least square estimate Methode.

untergekommen sind, in den sie allerdings nicht ohne weiteres hineingelangen können.

Die Metal-Braut will gerade ihr Taschenmesser aus der Hose popeln, als der Gelockte kurzerhand die Tür auftritt.

»Herrmann, das Yoga bringt's ja echt!«

»Na ja, ich betreibe auch Kampfsport«, entgegnet er verlegen.

»Wäre ich keine Soziologin, würde ich vermutlich dein Ahimsa aufgrund dieses Hobbys bezweifeln«, grinst Lindström.

»Ich richte mich ja nicht gegen ein lebendes Wesen«, rechtfertigt sich der Lockige, aber die erneut ertönenden Hilferufe erinnern beide daran, warum der Hipstologe überhaupt die Tür aufgetreten hat.

Schnell rennen sie in Richtung der Schreie, die sich immer mehr als hohe Frauenschreie herauskristallisieren. Da neben Freya nur noch Elisabeth derweil als Weib anwesend ist, ahnt das Forscherduo bereits Schlimmes. Dementsprechend laufen sie weiter, bis die Soziologin fast in eine aus einem seitlichen Nebenflur kommende Elisabeth crasht.

»Elli?! Wenn du da nicht schreist?!«, platzt es aus der Metal-Braut heraus, die von Dante an der Hand genommen wird, um im Sauseschritt weiter zu sprinten.

Mit einer hochschwangeren Elisabeth im Schlepptau, die mit ihrem kugeligen Körper nur mäßig flink vorankommt, hechten die Zwei weiter, bis sie endlich an der Quelle der quietschenden Schreie angelangen.

Es handelt sich um Gordon Horn, welcher mit einem Stuhl bewaffnet in einer Ecke des Aufenthaltsraums steht und panisch versucht, sich zwei sabbrige Aggressoren vom Leib zu halten, während er dabei äußerst hochfrequent und feminin nach Hilfe brüllt.

Wieder einmal demonstriert Herrmann seine mystischen Kung Fu-Superkräfte, als er erst den einen, dann den anderen speichelhaltigen Angreifer ausknockt.

»Die kamen aus dem Nichts!«, krächzt der in Not Geratene noch völlig vom Gekreische außer Atem, ehe Elisabeth anmerkt: »Und da kommen noch mehr aus dem Nichts!«

So strecken alle Vier ihre Rüben aus der Tür und sehen eine Horde Menschen mit äußerst bedenklicher Salivation auf sie zu trampeln.

»Scheiße!«, flucht die Metalologin, die damit wohl am treffendsten die Gedanken der anderen ausdrückt.

»Folgt mir schnell!«, kräht der Oberpfleger, bevor er sich auf den Flur begibt und dem sabbernden Rudel beinahe in die Arme läuft, aber kurz vorher in einen Seitenflur abbiegt. Die anderen Drei tun es ihm nach, wobei Freya sich Gordons Abwehrstuhl grabscht und den zombieartigen Menschen eine kleine Hürde in den Weg wirft, damit die konvexe Elisabeth auch in Sicherheit eiern kann.

Mit Keuchen und Fleuchen erreichen die Fliehenden am Ende jenes Korridors eine Tür, die – wie sollte es auch anders sein – verschlossen ist. Dante will diese gerade wieder auftreten, als Gordon ihn zurückhält.

»Wir brauchen die heile!«

Noch ehe weitere Worte fallen, stopft Lindström ihre Marlene in das Schloss und versucht, die Tür zu knacken.

»Beeil dich bitte!«, ruft Elisabeth mit wachsender Panik, denn inzwischen rücken ihnen diese zwar langsamen, aber zahlreichen und auf Krawall gebürsteten Sabberköpfe immer mehr auf die Pelle.

Mit einen leisen *PLOP* geht die Tür auf und die Metal-Braut purzelt mit ihrem Taschenmesser in der

Hand in den Raum, während sich die anderen Drei rasch hinein drücken und die Tür wieder schließen.

Das heißt, sie wollen sie schließen, aber – Überraschung! – es greifen ein paar Arme durch den Spalt und verhindern somit ein einfaches Verriegeln. Gordon und Elisabeth versuchen mit allen möglichen Gegenständen, die Gliedmaßen wegzuschlagen, während Dante der Soziologin aufhilft.

Nun haut das Quartett mit vereinten Kräften auf die nach ihnen grabschenden Greiforgane, bis es ihnen endlich gelingt, die Tür zu schließen. Elisabeth nimmt mit der Hand auf ihrem Schwangerschaftsbauch auf der nächsten Sitzgelegenheit Platz, indes die anderen nach dem Abschließen eine Runde Möbelrücken spielen und die Tür verbarrikadieren.

Dass nun von außen auch noch eine weitere Schar Sabberonis versucht, in das Zimmer zu gelangen, indem sie bemüht sind, durch das Fenster zu diffundieren, macht die Situation auch nicht besser. Erst jetzt erkennt das Forscherduo, in welchem Raum sie sich gerade befinden: Es ist Dr. Dr. von Perseums geheiligtes Büro und sie haben gerade den von ihnen geschändeten Schreibtisch vor die Tür geschoben, während das seltsame Aggregat von zombieartigen Menschen mit Unmengen Speichelfluss versucht, in jenes Zimmer zu gelangen.

»Verdammt! Lange können wir dem nicht standhalten!«, stellt Fry folgerichtig fest.

»Gibt es hier noch irgendeine Möglichkeit zu entkommen?!«, wendet sich der Psychologe an Gordon, welcher verzweifelt antwortet: »Ich hab mal gehört, dass von Perseum hier einen Geheimgang zu einem Bunker hat, aber ich weiß nicht, ob das stimmt.«

In Anbetracht der unerfreulichen Lage beginnt ein kollektives Suchen, indessen sich Elisabeth noch schweratmend auf den heiß geliebten, mit edler Polsterung und Quagga-Leder bezogenen Chefsessel ausruht.

»Gordon, ist… ist dir auf gefallen, dass *das* alles ehemalige Patienten und frühere Kollegen sind?«, keucht sie angestrengt.

Verwundert wie beunruhigt tauschen Dante und Freya Blicke aus, als der Oberpfleger diese Bemerkung bestätigt. Nun greift Elisabeth zum Telefonhörer, um Hilfe zu rufen, muss jedoch feststellen, dass die Leitung ebenso tot ist wie ein Dodo.

Über diese Information in Kenntnis gesetzt, beginnt eine derart vulgäre Fluchtirade der Metallerin, dass Elisabeth ihrem ungeborenen Kind die Ohren zuhalten will, bis sie ein »Oh nein« prustet.

Die Herrschaften versuchen alles Mögliche, um im Büro einen Fluchtweg zu finden, denn die eventuell tollwütigen Menschen, die vor der Tür sowie vor dem Fenster Randale machen, setzen alle Kraft ein, um in das Zimmer zu gelangen.

Lindström dreht sich um und erkennt sogleich den Grund für Elisabeths Unmut.

»Deine Wehen!«, stellt sie erschrocken fest.

Genervt rollt der Hipstologe die Augen, während er weitersucht und murmelt: »Das ist jetzt echt nicht der richtige Moment für deine Späße!«

»Seh' ich genauso«, klinkt sich der Oberpfleger unerwartet ein.

»Ich weiß, es klingt ganz nach mir, aber *naaaargh*!«, ächzt die werdende Mutter schmerzerfüllt.

»Also wenn das ein Scherz ist, muss ich dich zur gelungenen Darbietung beglückwünschen, denn die geplatzte Fruchtblase ist echt Oscar-verdächtig!«, meint Fry trocken.

Nun drehen sich die ungläubigen Zwei um und als sie die wenig schmackhafte Suppe bemerken, die aus Elisabeths Schritt läuft und somit den kostbaren Sessel des Doktors benetzt, bleibt den Herren nichts anderes übrig, als die unumstößliche Tatsache zu erkennen, dass die Frau kurz vor einer äußerst unpassenden Niederkunft steht. Angewidert wenden sich die beiden erneut ab und widmen sich besonders intensiv der Suche nach einer Fluchtmöglichkeit, währenddessen hilft die Soziologin der Gebärenden auf den Boden und polstert ihren Rücken ab, bevor diese sich an die Wand lehnt.

»Gut, gut. Darauf wurde ich im Geburtsvorbereitungskurs präpariert. Ich muss nur noch *naaaaargh*!«

Eine weitere diabolische Wehe durchdringt Elisabeths Leib, deren Geräusche die Männer dazu veranlasst hinzugucken, um sich anschließend des Erbrechens nahe wieder wegdrehen und weitersuchen.

Inzwischen wühlt Lindström eilig in den Schubladen des Doktors und spricht zu sich selbst. »Irgendwo hab' ich hier doch was Nützliches gesehen… Ah!« Sie zieht einen edlen Flachmann mit einem eingravierten Kopf Sigmund Freuds hervor und beträufelt sich mit dem Inhalt die Hände.

»Wenn ich nicht gerade im Inbegriff wäre, – *naaaargh* – ein Kind zu gebären, würde ich mir Sorgen machen, warum – *naaaargh* – warum von Perseum Hochprozentiges in seinem Schreibtisch hat«, keucht Elisabeth doch ein wenig besorgt.

»Ich helf' dir jetzt, die Strumpfhose auszuziehen und dann presst du, als ob du einen neuen Fürsten in die Unterwelt schicken willst.!«

Kaum fielen die Worte, sind die zwei Frauen auch schon dabei, Elisabeths Unterleib vom Nylon zu befreien.

»Weißt du denn auch, was du tust?!«, erkundigt sich die von Wehen gemarterte Frau.

»Ich könnte dir jetzt erzählen, dass ich mal in einer Geburtsklinik gearbeitet hab' und erfahren darin bin. Aber die Wahrheit ist, dass ich auf einem Bauernhof sozialisiert wurde und des Öfteren einer Kuh beim Kalben half. In Anbetracht der Tatsache, dass wir gerade im Büro des Dr. Dr. von Klötengehölz festsitzen und in dieser Klapse eine Art eine Zombieapocalypse stattfindet, bei der tollwütige Menschen versuchen uns zu verputzen, halte ich diese Lüge zur Beruhigung für unnötig«, entgegnet die Metalologin, als sie Elisabeths Beine sanft spreizt und gebannt auf ihre Vagina starrt.

»Ich wünschte, du hättest gelogen«, stöhnt diese, bevor erneut eine Wehe einsetzt.

Trotz dieser brisanten Situation kann sich Dante nicht verkneifen, vor sich hin zu murmeln: »Natürlich wählst du die Lüge, wenn's für dich einfacher wird...«

Gordon ist der Einzige, der diese Ausgeburt von Garstigkeit gepaart mit einem diabolischen Grinsen der Erkenntnis aus dem sonst so freundlichen Psychologen mitbekommt, nickt aber schweigend, während beide Männer weiterhin nach einem Notausgang suchen.

»Press, Elli, Press! Stell' dir vor, du kackst jetzt einen riesigen Haufen nach 'ner Woche Verstopfung!«, feuert die Soziologin die Gebärende an.

»Weißt du, wenn du so redest, ist das nicht hilfreich!«, beschwert sich Elisabeth zwischen zwei schmerzhaften Schüben.

»Das seh' ich anders! Schließlich vergisst du in diesen Momenten der Empörung die derzeitige *Klapsocalypse* und gebierst so ruhig, wie es in dieser ungünstigen Situation möglich ist ein Kind«, grinst Fry, die nur kurz einen Blick zu Elisabeth hochwirft, welche daraufhin tatsächlich eine Nanosekunde lang lächelt und sich direkt danach wieder in den Fellteppich aus Falklandfuchs krallt.

»Die Rübe ist schon draußen! Weiterpressen, Elli, weiterpressen!«, motiviert Lindström wie ein Niederkunftscheerleader, ungeachtet dessen, was ihr alles an Geburtssekreten entgegen schwimmt. Und Elisabeth presst weiter, so inbrünstig sie es nur kann, und mit einem lauten *PLOP* flutscht das Kind aus ihrem Unterleib heraus.

Das Blag beweist direkt seine vollentwickelten Lungen, indem es instant losplärrt, als hätte man es eben aus einer wohligen Umgebung an die kalte Luft der grausamen Welt gezerrt, also ziemlich genau das, was es gerade traumatisch durchleiden musste. Lindström überreicht das schleimige Neugeborene feierlich der erleichterten Mutter, die es trotz des gebärmütterlichen Schmodder, der noch am ihn klebt, zärtlich liebkost.

»Denk dran, du musst noch die Nachgeburt rausdrücken«, erinnert die Soziologin, als gerade in diesem Moment die Barrikaden an der Tür einstürzen und die hungrigen Sabbermäuler einfallen. Kaum aber erblicken diese speicheligen Geschöpfe den gerade ausgeschieden werdenden Mutterkuchen sowie die üblichen Körperflüssigkeiten, welche bei einer Geburt mit rausgespült werden, setzt ein kollektives Übergeben ein.

Die hinteren Personen, die vom plazentalen Anblick verschont sind, sehen dafür aber ihre Vordermänner beim Rückwärtsessen und sind direkt so angewidert, dass sie es ihnen gleichtun. Daraus ergibt sich eine La-Ola-Welle des Erbrechens, die bis zu den Menschen am

Fenster reicht und von einer klaren, speichelreduzierten Nüchternheit gefolgt ist.

Nun reiben sich die ehemaligen Insassen gleichermaßen wie die einstigen Mitarbeiter die Köpfe, als hätten sie ein feierwütiges Wochenende mit reichlich alkoholischen Genüssen hinter sich. Verkatert sacken einzelne von ihnen an die Wände, andere wiederum streben leicht orientierungslos nach frischer Luft oder sehen sich einfach verwirrt um, wobei allen plötzlich der Drang zum Kannibalismus ebenso wie der niagarafallartige Speichelfluss abhandengekommen ist.

Selig kuschelt Elisabeth mit ihrer noch vollsekreteten Jorien-Coco und wiegt das knittrige Kind in ihren Armen, während sich Gordon völlig entnervt den letzten Rest aus von Perseums Flachmann reinzieht. Dante bleibt am Regal stehen, um wohlwissend den Blick auf die niederkünftigen Reste zu vermeiden, als Lindström auf ihn zukommt.

Trotz ihrer inbrünstigen Bemühungen, ihre Hände schnell und gründlich zu reinigen, befinden sich immer noch diverse Geburtssekrete daran, als sie Herrmanns Kopf in ihre Hände nimmt, ein *Memento mori* flüstert und ihn küsst.

Mit einem Party machenden Magen und den starken Bemühungen, sein Gegessenes bei sich zu behalten, konzentriert sich der Psychologe auf Freyas Gesicht.

»Lass es uns versuchen«, meint sie nur mit einem Grinsen, während sie immer noch – ganz romantisch natürlich – ihre beschmutzten Hände an sein Antlitz hält.

Das ist dem Hipstologen plötzlich zur Gänze wumpe, er zieht sie zu sich und küsst sie.

Daraus ergibt sich ein idyllisches, postklapsocalyptisches Bild mit einer frisch gebackenen Mutter, einem völlig entnervten Oberpfleger und zwei

Küssenden, welches schließlich von einem lauten Fluchen gestört wird.

Es ist von Perseum, der sich durch die verkatert wirkende Menschenmenge quetscht, ehe er in sein ramponiertes Büro eintritt und das Chaos zunächst schweigend erfasst. Der Anblick seines besudelten Edelteppichs und des mit Fruchtwasser durchtränkten Sessels versetzt ihn in eine Art kurzzeitigen Schockzustand, bis er ungläubig die Überreste seiner phrenologischen Büste aufsammelt, welche im Zuge des Möbelrückens zu Bruch gegangen ist.

»Wie konnte es nur auslaufen…?!«, murmelt der Doktor immer noch fassungslos, während ihn Elisabeth, Gordon und Freya sowie Dante verwundert wie erwartungsvoll anstarren.

Aber von Perseum bleibt ansonsten stumm über das Entsetzen und beginnt, seine psychodelischen Häkelarbeiten einzusammeln. Erst als Cedric-Kevin aufgeregt zu ihnen kommt, sich devot vor des Doktors Füße wirft und sich nach seinem Befinden erkundigt, ist von Perseums verdächtig wirkende Gefasstheit dahin.

Cholerisch und laut fluchend klatscht er dem jungen Mann ins Gesicht und zieht übelst schimpfend von dannen. Der knabenhafte Schmidtenhuber-Krampholz folgt ehrfürchtig seinem Mentor und ignoriert den Schmerz des vorangegangenen Gewaltaktes, schließlich bedeutet er einen Körperkontakt mit dem erhabenen Dr. Dr. Johannes von Perseum.

Keiner der Anwesenden hat auch nur ansatzweise mit diesen bizarren bis skurrilen Ereignissen gerechnet, die nicht nur das ominöse Patienten-Personal-Verschwinden beenden, sondern auch den Beginn einer innigen Sciencance[21] bedeuten.

---

[21] Als *Sciencance* bezeichnet man Liebe unter Wissenschaftlern.

Am frühen Morgen packte der Hausmeister sein spärliches Hab und Gut, welches aus ein paar Klamotten, die irgendwie alle gleich aussahen, sowie selbstverständlich dem Necronomicon bestanden, und machte sich auf den Weg durch das geheime Kellergemäuer, welches aus Rudimenten der ursprünglichen Anstalt übriggeblieben war. Samt Gepäck lief er durch die muffigen Korridore, welche längst seine vertraute Heimat geworden waren, bis er eine ultramoderne Sicherheitstür erreichte. Dahinter grunzten und ranternten die ehemaligen Mitarbeiter und einstigen Insassen, die der Facility Manager mit dem Segen des Dr. Dr. von Perseum entführt und in diese endlos sabbernden Zombies verwandelt hatte. Er tippte eifrig einen Code in die Tür ein – natürlich irgendwas mit 666 – und stellte den Mechanismus auf zwanzig Uhr. In einigen Stunden würde die Tür aufgehen und die Matschrüben, wie er sie liebevoll nannte, würden nach einiger Zeit der Irrung in den Kellergewölben die Klinik terrorisieren. Aber das genügte ihm nicht. Um sicherzugehen, dass das pure Chaos und Verderben ausbrechen würde, kappte er noch sämtliche der wenigen Telefonverbindungen und beträufelte die vom Doktor heimlich verzehrten Kekse mit einen Betäubungsmittel, welches nach dem Verspeisen langsam seine Wirkung entfaltete und ihn außerhalb seines geheiligten Büros niederstreckte. Zudem sorgte er mit einem perfiden Trick, dessen Einfallsreichtum einen eigenen Roman umfassen würde, dafür, dass der diensthabende Wachmann unabkömmlich sein würde, bevor er klammheimlich seinen gruseligen Pickup Marke ›Serienmörder in den USA‹ belud und davonfuhr. Mit einem Blick in den Rückspiegel murmelte er nur noch: »Niemand behandelt so Wilhelm Archibald Hubertus Nobertus Siegfried von Innsschmidt-Narrenheim-Nostradamus. Diese Lektion wirst du allerdings nicht überleben, von Perseum!«

ENDE...?!

DANKSAGUNG

Neben dem obligatorischen und generell umfassenden Dank an Freund, Freunde und Familie möchte ich besonders meinen *Eltern* danken. Sie haben – Achtung, Kitschmodus an – mir nicht nur eine rückhaltgebende Familie geschenkt und dafür gesorgt, dass ich durch den Förderunterricht meine Legasthenie soweit im Griff habe, dass es keinem außer mir auffällt, sondern sie haben mich immer in meinem kreativen Wahnsinn gewähren lassen und mir stets Unterstützung sowie Liebe zuteilwerden lassen. – Kitschmodus aus –

Ebenso gilt ein Dank meinen zwei älteren Brüdern *Holger und Rainer*. Es war nicht immer leicht mit ihnen, aber sie beeinflussten maßgeblich meinen Musikgeschmack sowie mein Humorempfinden und sind immer für mich da. Durch sie wurde ich schon früh zum Bleistift an die Herrlichkeit Monty Pythons herangeführt haben.

Weitere special thanks gehen an meine beste Freundin *Stefanie*, die mich schon seit unserer Kindergartenzeit aushält und für mich da ist, sowie meine Freundin *Claudia*, die wie eine große Schwester für mich ist.

Aber hinsichtlich dieses Werkes möchte ich mich besonders bei folgenden Personen bedanken, die mich dafür verfluchen werden, wenn die **KLAPSOCALYPSE** als schändliches Machwerk in die Annalen der Geschichte eingeht:

Meine Autorenkollegin und Skurrilitätsmuse *Natascha ›Hoot‹ Herkt*, die mir bei diesem beinah versumpften Projekt neue Impulse gegeben hat und deren Begeisterung für die **KLAPSOCALYPSE** mich zusätzlich motiviere. Sie ist ein echter Bro!

Dann natürlich noch ein adipöses **Danke** an *Maja Koutsandreou*, die mich als Frau vom Fach im Bereich Psychiatrie beraten hat.

Ferner möchte ich meiner Lieblingsband HIM eine Erwähnung angedeihen lassen, dessen Musik mich nur nicht länger als mein halbes Leben begleitet habe, sondern auch während der akuten Schreibphase im Dauerrepeat liefen.

In diesem Sinne: Danke euch allen!

 KÄT

KÄT-TOON
VERZEICHNIS

NordaFrosties
– die Wecken den Metal-Tiger in dir!

Für ein Frühstück,
das wirklich true ist!
Starte brutal in den Tag!

RECTUMLESS

Wer braucht
schon einen
Anus?

DER neue hippe
Designerenergydrink!

DER MARLENE-DIETRICH

- FÜR DEN EINBRUCH MIT STIL -

ein klöteskes Necronomicon

Klötesk
Wortart: Adjektiv
Gebrauch: Nur hier
Häufigkeit: ein Mal
Rechtschreibung: klö | tesk
Bedeutungsübersicht: Haarig und faltig; Prallgefüllt und baumelnd
Herkunft: Herktisch

Ohne Metal ist alles doof.

Gitarrengabel: doof

Headbangen: doof

Lederarmband
mit Nieten:
doof

Bandshirt: doof

Tätowierung: doof

(schwarz gefärbtes)
langes Haar: doof

Nieten: doof

Trinkhorn mit Met
oder Bier: doof

Lederhose: doof

schwarze
Kleidung:
doof

Metalboots:
doof